Franz Clemens Brentano

Meine letzten Wünsche für Österreich

Franz Clemens Brentano

Meine letzten Wünsche für Österreich

ISBN/EAN: 9783743662605

Hergestellt in Europa, USA, Kanada, Australien, Japan

Cover: Foto ©Andreas Hilbeck / pixelio.de

Weitere Bücher finden Sie auf **www.hansebooks.com**

Meine letzten Wünsche

für

Oesterreich.

Von

Franz Brentano.

Stuttgart 1895.
Verlag der J. G. Cotta'schen Buchhandlung
Nachfolger.

Vorwort.

Mehrseitig werde ich von Historikern gemahnt, eine Reihe von Artikeln, im Dezember des verflossenen Jahrs in der Wiener „Neuen Freien Presse" erschienen, nochmals, zu einem Ganzen vereint, als Broschüre herauszugeben. „Sie enthalten," versichert man mir, „ein für die österreichischen Verhältnisse am Ausgang des neunzehnten Jahrhunderts wertvolles Dokument, und dies wird auf solche Weise am besten der Zukunft sich erhalten."

Indem ich hier der Aufforderung entspreche, wird mir zugleich eine andre Rücksicht maßgebend. Verschiedene namhafte Revüen, sowohl in Berlin als im westlichen Deutschland, suchen mich zu neuen Mitteilungen über die besprochenen Vorkommnisse zu bewegen, und dabei wird auch geltend gemacht, daß meine Ausführungen in der „Neuen Freien Presse", trotz der weiten Verbreitung des Blattes, in ihren Kreisen nicht genug zu allgemeiner Kenntnis gelangt seien. Nun wäre allerdings auch des weiteren noch vieles und erstaunliches zu berichten. Aber schon jetzt, nur notgedrungen und mit Widerstreben, bis hart an die Grenze schuldiger Diskretion vorgeschritten, muß ich des Vorteils, den weitere Enthüllungen der Sache bringen könnten, mich begeben. Dem bereits Mitgeteilten aber ist durch das Erbieten der Cottaschen Buchhandlung, die Artikel neu aufzulegen, gewiß auch im Deutschen Reich die vollste Publizität gesichert.

Einen Augenblick war ich in Zweifel, ob ich gut thun werde, mit dem Aufsatze „Meine letzten Wünsche für Oesterreich" auch die Repliken auf Angriffe einer regierungsfreundlichen Presse wieder abdrucken zu lassen. Schließlich mußte ich mich dafür entscheiden und sogar die gegnerischen Ausführungen mit einbeziehen. Erscheinen die Angriffe schwach, so waren sie eben doch (und das ist bezeichnend) alles, was von jener Seite vorgebracht zu werden vermochte. Auch eine Bemerkung des „Vaterland", die ich bei meiner Antwort in der „Neuen Freien Presse" als wenig bedeutend übergangen, mag, da ihr nun doch, wie ich sehe, von mancher Seite ein Gewicht beigelegt wird, bei dieser Gelegenheit ihre nachträgliche Erledigung finden.

Die Angriffe richten sich hauptsächlich gegen meine Erörterung der eherechtlichen Frage. Und in Wahrheit erscheint dieser Teil vor allen andern wichtig. Um eines traurigen Paralogismus willen sind nun schon eine ganze Reihe, vielleicht glücklicher, Ehen, und einzelne nach mehr als zwölfjährigem Bestand, gesetzwidrig zerstört worden. Wenn ich mir dächte, das Aufsehn, das mein Scheiden erregt, und die Teilnahme, die mein Schicksal in weiten Kreisen gefunden, könnten hier gerechtere Zustände anbahnen, so würde ich darin die tröstlichste Genugthuung erblicken.

Von befreundeter Seite wurde mir die Besorgnis ausgesprochen, meine Erörterungen über das psychologische Institut möchten nicht in jeder Beziehung von guten Folgen sein. In Amerika namentlich, aber auch in Deutschland, bestehe gegenwärtig eine Tendenz zur Ueberschätzung der experimentellen Psychologie. „Von jedem Quark und jeder Handwerksleistung auf diesem Felde wird viel Aufhebens gemacht, theoretisch und praktisch; und die fundamentalsten Untersuchungen und Reformen, die ohne Apparate ausgeführt sind und ohne ‚angenehme Holzschnitte‘ vors Publikum treten, werden ganz ignoriert oder zu den müßigen Raisonnements geworfen, in die man hineinblickt, ohne sie ernst zu nehmen." Und nun wird in freundlichster Weise ad hominem argumentiert und auf den Wert von Untersuchungen hingewiesen, die ich selbst, der Hilfsmittel eines psychologischen Instituts beraubt, teils ohne irgend welchen Apparat, teils mit relativ sehr einfachen Mitteln durchgeführt habe. „Gewiß," heißt es dann weiter, „wird ein Lehrstuhl mit einem psychologischen Kabinett nicht einem Rhetor übergeben werden können. Aber es besteht die andre Gefahr, daß er einem Handwerker zufalle, daß das spezifisch philosophische Talent neben demjenigen für Physikalisches und Physiologisches mehr und mehr unterschätzt, und daß auf die Uebung im Technischen zu viel Wert gelegt werde."

... „Ich sage Ihnen da lauter Dinge, die Sie ebensogut wissen wie ich; sie sind auch in Ihrem dritten Artikel angedeutet; aber nur wer sonst woher über Ihre Ansichten und Forschungen informiert ist, liest es aus den Stellen heraus. Andre werden es mißverstehen und haben es mißverstanden. Sie könnten sich nun gerade auf diese Thatsache berufen, um die Fassung des dritten Artikels etwas zu modifizieren."

Ich hätte diese Ausstellungen hier nicht mitgeteilt, wenn ich sie nicht in ihrer wesentlichsten Absicht für berechtigt hielte, glaube aber, mich daraufhin der verlangten Abänderungen enthalten zu dürfen. Mein Kritiker gibt selbst zu, daß nicht was ich sage, sondern nur was manche mißverstehend darin finden wollten, verwerflich sei. Dieses Mißverständnis aber erscheint nach dem eben Erörterten ausgeschlossen. Andrerseits halte ich das Bedürfnis nach einem psychologischen Institut für wahrhaft schreiend. Wenn es wahr ist, daß ohne seine Mittel gewisse philosophische, und im besondern auch gewisse psychologische Forschungen im einzelnen durchführbar sind, so erscheint es mir doch schlechthin unmöglich, die Psychologie, ja auch nur die Psychognosie, in ihrer Ganzheit ohne dieselben in entsprechender Weise anzubauen, und gar oft habe ich selbst das Hemmnis störend empfunden. Wie beklagenswert aber, wenn man durch solche Aeußerlichkeiten auf gutem Wege sich aufgehalten sieht! Und noch mehr! Als Forscher mag heute, und sicherer noch in einer nahen Zukunft, ähnlich wie ein Naturforscher, auch ein Philosoph groß genannt werden, wenn er seine Wissenschaft auch nur in einer einzelnen Frage fördert. Als Lehrer aber soll er seine Disziplin allseitig zur Darstellung bringen, und auch hierzu bedarf er bei der Psychologie heutzutage unbedingt der Hilfsmittel eines psychologischen Kabinetts. Da kann ich denn unmöglich in etwas willigen, was die in meinem Aufsatze im Interesse Wiens geltend gemachte Forderung abschwächen könnte. Auch scheint es mir geradezu unmöglich, daß, was Preußen, Sachsen, Bayern ihren vornehmeren Universitäten bereits gewährt haben, von Oesterreich der ersten Hochschule des Reiches noch lange versagt bliebe.

Von einer andren Seite wurde mir ein Befremden darüber geäußert, daß einmal Mantegazza, dessen Lektüre doch nicht, und besonders nicht der akademischen Jugend empfohlen werden könne, von mir genannt und mit Männern wie Helmholtz und Hering in eine Reihe gestellt erscheine. Ich habe den nicht unbedeutenden Mann, obwohl auch ich seine am meisten sensationellen Schriften in mehrfacher Beziehung mißbillige, neben wesentlich andern Erscheinungen deshalb aufgeführt, um die ganze Mannigfaltigkeit physiologischen Uebergreifens ins psychische Gebiet anschaulich zu machen. Immerhin habe ich, der Bemerkung Rechnung tragend, jetzt beim Abdrucke den Namen durch einen andren ersetzt. Sonst erscheinen, von gewissen Druckfehlern und stilistischen Unebenheiten der ersten raschen Niederschrift abgesehen, die Aufsätze völlig unverändert.

So ist denn auch die Aufschrift die alte geblieben, und ich erwähne dies ausdrücklich, weil von befreundeter Seite der Titel beanstandet worden ist. So vieles, sagte man mir, und so großes sei auch sonst noch in Oesterreich Bedürfnis. Da nun in meinen Ausführungen das alles unerwähnt bleibe, so könnte mancher, der sie als meine letzten Wünsche für Oesterreich dargeboten sehe, mich mit sehr engem Herzen an den öffentlichen Interessen beteiligt glauben.

Doch nicht als bloßen Herzenserguß, nein, in wesentlich praktischer Absicht habe ich gewisse Anliegen vor die Oeffentlichkeit gebracht. Von der Schilderung selbst=erfahrenen Undanks hoffte ich die Verhütung der Wieder=kehr ähnlicher, der Ehre Oesterreichs abträglicher Vor=kommnisse. Von der öffentlichen Darlegung ehelicher Rechtsverhältnisse hoffte ich die Abwendung von Gefahren, die, wie bei mir einst die Wirksamkeit, bei andern noch heute die freiheitliche Existenz, ja, da und dort, ein seit Jahren gegründetes Familienglück bedrohen. Begreiflicher=weise habe ich die Frage mit besonderer Sorgfalt unter=sucht, und daraufhin schien mir der Nachweis hier so scharf und so unwidersprechlich zu führen, daß ich an einer wirksamen Aufklärung der öffentlichen Meinung nicht zweifelte. Was aber die Erhaltung des wissenschaftlichen Charakters der philosophischen Lehrkanzel und die Grün=dung eines psychologischen Instituts anlangt, so hoffte ich, daß das Vertrauen, welches ich durch langjährige Lehrthätigkeit mir erworben, meinem Worte Nachdruck verleihen werde. Hätte ich wohl ähnliches erwarten dürfen, wenn ich mit einem Programm für irgendwelche politische Reform hervorgetreten wäre, oder ein Klagelied über andersartige Mängel der Verwaltung angestimmt hätte? — In keiner Weise.

Franz Brentano.

Meine letzten Wünsche für Oesterreich.

I.

Zwanzig Jahre sind es, daß ich Oesterreich, daß ich Wien und seiner Universität angehöre. Mit einer angestammten warmen Sympathie für Land und Volk bin ich gekommen; die freundlichste Aufnahme habe ich gefunden; und als eine der edelsten Töchter Wiens mir als Gattin die Hand reichte, fühlte ich mich noch mehr mit meinen neuen Landsleuten verbrüdert. Nun sollte gerade dies der Anlaß werden, daß ich, mannigfach gekränkt und bedrückt und in meinen besten Absichten für das Gemeinwohl gehemmt, heute daran denke, aus den österreichischen Landen zu scheiden.

Wer von denjenigen, die ihm am liebsten sind, Abschied nimmt, spricht Segenswünsche aus und sinnt, was er etwa als passendes Andenken ihnen hinterlasse. Da finde ich denn nichts geeigneter, als den Einblick in gewisse Uebelstände, die dringlich nach Abhilfe verlangen, und den Wunsch, es möge die öffentliche Meinung, wie sie gewiß leicht von meinem Worte überzeugt werden wird, auch die Kraft haben, die ersehnten Veränderungen herbeizuführen.

Vor allem wünsche ich, daß die österreichische Regierung es lerne, für treu geleistete Dienste dankbar zu sein. Ich glaube, sagen zu dürfen, daß die Behandlung, die ich selbst erfahre, genugsam zeigt, wie viel ihr in dieser Beziehung fehlt. Ich habe, auf dem vornehmsten Gebiete der Wissenschaft arbeitend, mein Bestes und mit bestem Eifer geboten. Ich kam in einer Zeit, welche sich über die Hohlheit pomphaft aufgebauschter Lehrsysteme völlig klar geworden war, wo aber die Keime echter Philosophie noch fast gänzlich fehlten. Das Ministerium Auersperg (Stremayr) glaubte in mir den Mann zu erkennen, der am geeignetsten sei, einen solchen Keim nach Oesterreich zu bringen. Man rief mich, und ich folgte dem Rufe.

Ich fand die Zustände in hohem Maße traurig; eine Herbartische Lehre, aber keine Herbartische Schule (die Stunde für sie war eben schon vorüber); und dieses Nichts war alles. Bezeichnend für die Lage war es, daß kurz nach meiner Herkunft ein wissenschaftlicher Studentenverein mich einlud, einem seiner Vorträge beizuwohnen. Darin setzte der Vortragende auseinander, es habe eine Zeit der Theologie gegeben; auf sie sei eine Zeit der Philosophie gefolgt; nun aber sei auch die Philosophie abgethan; das, was als einzig berechtigt an ihre Stelle trete, seien die exakten Wissenschaften. Aus der versammelten akademischen Jugend hatte keiner etwas einzuwenden. Ja, daß man zu solchem Vortrage nicht zum Hohn, sondern in allerehrlichster Höflichkeit mich geladen, zeigte mir genugsam, daß man die These bereits für etwas so allgemein Zugestandenes hielt, daß auch der Professor der Philosophie — ähnlich wie manche von dem Apologeten es denken — innerlich von der Nichtigkeit seines Treibens überzeugt sein müsse. So etwas ist denn doch seit langem nicht mehr in Oesterreich möglich. In der That hatte ich alle Anstrengungen gemacht, die auf mich gesetzten Hoffnungen des Ministeriums zu verwirklichen.

Sechs bis sieben Jahre hatte ich so unter jährlich steigender Teilnahme gewirkt, da drohte plötzlich eine Störung. Ich hatte mich, nachdem ich aus der Kirche, der ich einst als Priester angehört, längst ausgetreten war, verlobt. Infolge der Uneinigkeit der Juristen über die Deutung einiger Bestimmungen des im Geiste der Toleranz (ich werde darauf noch zu sprechen kommen) wesentlich reformierten österreichischen Zivilrechtes erschienen, wenn ich als Oesterreicher die Ehe schlösse, gewisse Chicanen, ja größere Widerwärtigkeiten nicht ausgeschlossen. Und so trat mir der Gedanke nahe, mit meinem alten Heimatsrechte auch den sicheren Schutz der Ehe, die ich einzugehen im Begriffe war, neu zu erwerben.

Aber das Unterrichtsministerium vermeinte in meinem Scheiden eine schwere Schädigung der Interessen der Universität zu erkennen. Sowohl der scheidende Unterrichtsminister, als der mit der damals gerade beginnenden Aera Taaffe neu eintretende äußerte mir darum, ich möge, um jene Schwierigkeiten unbekümmert, nur einfach den Eheschluß vollziehen. Aber da ich gewisse Garantien verlangte, wurden sie mir verweigert. Das Ministerium Taaffe stellte sich nach einigem Zögern auf den Standpunkt, daß zur Gültigkeit meiner Ehe die Auswanderung, also die Niederlegung der Professur notwendig sei. Trotzdem wiederholte mir Baron Conrad, ich sei an der Universität schlechthin unentbehrlich. Und daraufhin habe ich nun gethan, was vielleicht mehr als alles Frühere einen Anspruch auf Dankbarkeit von seiten der Regierung begründete, ich bot an, mich sofort neu als Dozent zu habilitieren. Die Fakultät und die Regierung griffen den Gedanken auf, und der Akt wurde sofort von Sr. Majestät ratifiziert. So nahm ich als Privatdozent die Vorlesungen auf, die ich noch als ordentlicher Professor angekündigt. Und, obwohl von allen Rigorosen und andern Examinen und jedem direkten Einfluß auf die Vertretung meiner Interessen in den Fakultätssitzungen ausgeschlossen, brachte ich es nach etlichen Jahren dahin, daß die Frequenz meiner Vorlesungen wieder die alte Höhe erreichte, ja in den letzten Jahren die Zahl der Inskribierten die höchsten als Professor erreichten Inskriptionsziffern noch merklich überstieg[1]). Solche, man darf wohl sagen, gute Dienste weihte ich nun als Privatdozent vierzehn weitere Jahre der Universität und der Regierung. Natürlich that ich es in der unzweifelhaften und auch geradezu ausgesprochenen Ueberzeugung, daß neue um die Universität erworbene Verdienste einen neuen Anspruch auf die Verleihung einer Professur begründen würden. (Andernfalls wäre ja meine Aufopferung ein in gewisser Weise geradezu

---

[1]) In den beiden letzten Jahren erreichte sie in der Praktischen Philosophie, bei welchem für die Juristen obligaten Kolleg meine Vorlesungen mit denen von Hofrat Zimmermann und Professor Vogt zu konkurrieren hatten, die Höhe von beiläufig 400.

selbstmörderischer Akt gewesen.) Die Fakultät zog auch die logische Konsequenz aus dem ersten Schritte, indem sie nach einer Frist, die sie für entsprechend hielt, mich einstimmig und unico loco zum ordentlichen Professor vorschlug. Minister Conrad gab der Fakultät auf ihren Antrag keinerlei Bescheid; mir persönlich erklärte er aber, daß er noch etwas zu früh komme. Er halte für nötig, daß infolge einer Verlängerung der Sedisvakanz die Diskontinuität deutlicher hervortrete. Sowohl mir als der Fakultät war die Verzögerung sehr unangenehm. Mein Ausschluß bei Rigorosen und andern wichtigen Vorkommnissen machte sich empfindlich fühlbar. Eines nur gab einen gewissen Trost: „Je länger das Ministerium die Sache hinauszieht," sagten mir die Kollegen, „um so unmöglicher wird es sein, daß man Ihnen in unbilliger Weise die Neuverleihung der so lange faktisch erfolgreich verwalteten Professur verweigert." Aber sieh da! Es ist anders gekommen. Nachdem ich vierzehn Jahre lang, die ganze Dauer des Ministeriums Taaffe hindurch, bei dem regelmäßig sich erneuernden einstimmigen Vorschlage der Fakultät, jedesmal mit Ausflüchten und halben Versprechungen hingehalten worden war, schien Baron Gautsch schließlich doch zu der Ueberzeugung gelangt, daß er endlich etwas für meine Sache thun müsse. Da aber fiel Taaffe und Gautsch fiel mit ihm und meinte, in der Schnelligkeit nichts andres mehr thun zu können, als mit der Erklärung, welche der Sache günstige Absicht er gehegt, dieselbe seinem Nachfolger aufs angelegentlichste zu empfehlen. Dies ist, wie ich durch einen sehr verläßlichen Gewährsmann weiß, thatsächlich geschehen. Und nun trat ich auch selbst an Herrn v. Madeyski heran. Ich fand ihn wesentlich unterrichtet. Da ich aber die, wie mir schien, selbstverständliche Bemerkung machte, die durch langjährige Dienste unter einem Ministerium erworbenen Ansprüche könnten doch wohl bei einem Wechsel der Ministerien nicht erlöschen, erwiderte er mir zu meinem Befremden, daß er „diese Ansicht nicht zu teilen vermöge". Diese Aeußerung erschien mir bedeutungsvoller, als alle Versicherungen des lebhaftesten Wunsches, meine Angelegenheit im günstigen Sinne erledigen zu können. Und so konnte ich in sein Ansinnen, mich mit einer nochmaligen dilatorischen Behandlung der Frage zufrieden zu geben, unmöglich willigen. Kurze Zeit darauf ließ mir der Herr Minister durch einen hochgestellten Mann offiziell mitteilen, er könne mir die Professur nicht verleihen. Um aber zu zeigen, wie lebhaft er danach verlange, meine schätzbare Kraft der Universität zu erhalten, so lasse er mir folgenden Antrag machen: Ich habe einmal die Gründung eines psychologischen Instituts angeregt. Diesen Gedanken wolle er, während es sonst nicht geschehen wäre, um mich zu ehren, jetzt in Ausführung bringen und mir die Direktion des Instituts übertragen. Demnächst werde ein Sektionschef darüber mit mir verhandeln. Dann bekam ich die längste Zeit nichts weiter von der Sache zu hören. Endlich aber kam eine Karte, mit der mich ein Sektionschef ins Ministerium lud. Und was wurde mir da eröffnet? Daß der Minister entschlossen sei, von meiner Wiederernennung Umgang zu nehmen, wurde mir, wie ich es erwartet, getreulich wiederholt, nur noch mit der Bemerkung, Motive würden keine angegeben.

Auch den für eine zu errichtende dritte ordentliche Professur der Philosophie von der Fakultät primo loco vorgeschlagenen Professor Marty in Prag, hieß es dann weiter, werde der Minister nicht nach Wien berufen, und auch hierüber werde in Erörterungen nicht eingegangen. (Marty gegenüber hatte der Minister seinen Entschluß damit motiviert, daß er seine Thätigkeit an der Prager Universität sehr hochschätze, daß aber Wien als Sitz des apostolischen Nuntius besondere Rücksichten erheische.) Hillebrand dagegen (einer meiner jüngeren Schüler) werde zum Extraordinarius ernannt werden. Dann kam der Sektionschef auf das Projekt des psychologischen Instituts. „Was meinen Sie denn mit diesem Institute?" „Ja, das müssen wir Ihnen nur sofort erklären, daß wir nicht über große Mittel verfügen." „Zudem, ich habe eben erwähnt, daß Hillebrand Extraordinarius werden wird. Sie werden einfacher Dozent sein. Nun geht es doch nicht an, den Dozenten über den Extraordinarius zu stellen. Man wird also Hillebrand die Leitung des Institutes übergeben, und der Herr Minister bietet Ihnen an, neben ihm zu fungieren." Dies und der ganze Ton des Gespräches (selbst das war charakteristisch, daß der Beamte mich als „Herr Doktor" und nicht, wie es allgemein und auch im Ministerium immer üblich gewesen, und wie ich, und wäre es nur auf Grund der einst in Bayern innegehabten Professur, mich noch heute nennen darf, als Professor anredete) zeigte mir zur Genüge, daß man mich brüskieren und moralisch zum Abschiede von der Universität nötigen wollte. Und so antwortete ich denn auch mit einer vielleicht nicht ganz ungerechtfertigten Entrüstung:

„Sagen Sie dem Herrn Minister, daß ich den mir gewordenen Antrag schlechterdings unannehmbar finde. Was Se. Excellenz mir anbieten zu dürfen glaubt, steht zu dem, was ich nach dem Urteile vielleicht jedes Billigdenkenden zu beanspruchen hätte, in einem solchen Mißverhältnisse, daß es scheinen könnte, als wolle man zu dem Schaden, den man mir angethan, auch noch den Spott hinzufügen." — Das also, nach zwanzigjährigen treu geleisteten Diensten, und nachdem ich vierzehn Jahre der besten Manneskraft unentgeltlich dem österreichischen Staate aufgeopfert, der Dank vom Minoritenplatze!

II.

Ich sprach den Wunsch aus, daß unser Oesterreich, wie Arndt es genannt, „an Ehren reich", nicht durch den Ruf der Undankbarkeit daran geschädigt werde. Ich füge heute einen weiteren Wunsch hinzu: Möge seine Ehre auch nicht durch einen Vorwurf von Unfreiheit und Intoleranz der Gesetzgebung leiden, wo, nach meiner aufrichtigsten Ueberzeugung, das Zivilrecht schon wesentlich reformiert ist. Gerade mein Schicksal indes, fürchte ich, könnte dazu beitragen, solchen falschen Schein zu wecken oder zu verstärken.

Man hat mich bestimmt, auszuwandern, um meine Ehe unter dem Schutze des Deutschen Reiches zu schließen.

Und zu jedem beliebigen anderen großen Kulturvolk mich wendend, in England, in Frankreich, in den Niederlanden, in der Schweiz, in Italien, ja, wenn ich recht berichtet bin, selbst in Spanien würde ich denselben Schutz, dieselbe Freiheit gefunden haben. Sollte wirklich Oesterreich der einzige größere Kulturstaat sein, dessen Zivilrecht in der Entwickelung so zurückgeblieben wäre, daß es die in meinem Falle so natürliche Freiheit nicht gewährte? Wie gesagt, ich glaube, diesen so bitteren Vorwurf verdient es nicht. Und wenn ich dies bestreite, spreche ich im Einklang mit dem Urteil der beiden größten Schriftsteller der neueren österreichischen Jurisprudenz, auf deren Arbeiten alle wesentlichen Reformen seines Zivil= und Strafrechtes sich zurückführen. Natürlich meine ich hier niemand andern, als Glaser und Unger.

Glasers Ansicht ist bekannt. Wie mir, im Privatverkehr, so hat er sie öffentlich, im Parlament, ausgesprochen, wo er sie in seiner Rede vom 8. Februar 1876 als Justizminister vertrat. Ueber Ungers Anschauung aber kann man ebensowenig in Zweifel sein, da er, der einst so gefeierte akademische Lehrer, sie in den Vorträgen an unserer Hochschule vor dem zahlreichsten Hörerkreise Jahr für Jahr darlegte und begründete.

Seine Argumentation ist klar und bündig; ich begreife schwer, wie man sie hören und nicht von ihr überzeugt werden kann. Auch Herr v. Madeyski, da er mir Gelegenheit gab, sie vor ihm zu wiederholen, ließ mich durch ein zustimmendes Nicken sein Einverständnis erkennen. In einem Urteile des Landesgerichtes Prag vom 4. November 1876 zu Gunsten der Gültigkeit der

Ehe eines aus der Kirche ausgetretenen Priesters wird in ähnlicher Weise und mit aller Schärfe der Beweis geliefert.

Der Inhalt des Erkenntnisses ist einfach der, daß durch die Note des Prager Magistrates vom 12. Januar 1875 bewiesen sei, daß der gewesene katholische Priester Franz Pawlovsky am 4. September 1874 seinen Austritt aus der katholischen Kirche und seinen Uebertritt zum evangelischen Glauben A. C. angezeigt habe, und daß diese Anzeige nach dem Gesetze vom 25. Mai 1868 dem katholischen Pfarramte St. Peter zur Kenntnisnahme mitgeteilt worden.

Hierdurch — sagt das Landesgericht — hat Pawlovsky in legaler Weise aufgehört, ein Mitglied der katholischen Kirche und sohin auch katholischer Geistlicher zu sein.

Das Ehehindernis des § 63 verbietet nur dem Geistlichen wegen der empfangenen höheren Weihe die Eingehung einer gültigen Ehe.

Pawlovsky war also am 28. September 1874 kein Geistlicher mehr, sohin war er auch in keiner Weise gehindert, an diesem Tage eine gültige Ehe mit der Anna K. einzugehen, denn der § 63 bestimmt nicht, daß jeder, welcher die höheren Weihen empfangen hat, nicht mehr berechtigt sei, eine gültige Ehe zu schließen, sondern er beschränkt dieses Hindernis nur auf die Geistlichen und sohin auch nur auf die Dauer dieses Verhältnisses als Geistlicher.

Ist nun dieses Verhältnis gelöst worden, und hat die Eigenschaft als Geistlicher aufgehört, so tritt der frühere Geistliche nach § 17 A.B.G.B. in alle Rechte, die ihm vor dem Eintritte in den geistlichen Stand zugestanden haben, sohin auch in das Recht einer gültigen Eheschließung nach § 47, da eben mit der Erlöschung seiner Eigenschaft als Geistlicher auch das mit derselben verknüpfte gesetzliche Ehehindernis aufgehört hat.

Da kein Gesetz bestimmt, daß jemand, der die höheren Weihen empfangen hat, für immer ein Geistlicher bleibe, und da Pawlovsky nach Zulaß des Gesetzes vom 25. Mai 1868, Artikel IV, aufgehört hat, ein Mitglied der katholischen Kirche, sohin auch ein katholischer Geistlicher zu sein, und da durch seinen Uebertritt nach Artikel V alle Rechte der katholischen Kirche auf denselben aufgehört haben, so ist dargethan, daß der Gültigkeit seiner Ehe das Hindernis nach § 63 nicht entgegenstehe.

Alles erscheint hier klar und faßlich. Doch nicht bloß noch unmittelbar vor dieser Entscheidung waren für einen andern Fall in allen drei Instanzen entgegengesetzte Urteile gefällt worden, sondern als ich selbst einige Jahre später auf Glasers Rat mit meiner Anfrage an die Regierung herantrat, stellte, infolge eines eigens zu dem Zwecke ausgearbeiteten Gutachtens, auch diese sich wieder auf den entgegengesetzten Standpunkt. Ich habe von dem Inhalt dieses Gutachtens nach allen seinen Teilen Kenntnis. Meinen Fall empfahl es in Rücksicht auf die in meiner Heimat bestehende Freiheit, die, weil ich Oesterreichs Rufe gefolgt, nicht billigerweise mir verkürzt werden dürfe, in günstigem Sinne zu behandeln; im allgemeinen aber war es der Freiheit ungünstig. Und es geschah dann, daß die Regierung nur dem allgemeinen Teile des

Gutachtens beipflichtete. Es erfolgte nun das Niederlegen meiner Professur, das, auffällig wie es war, die Aufmerksamkeit auf die Regierungsmaßregel lenkte, was vielleicht auf spätere Gerichtsentscheidungen nicht ohne Einfluß geblieben ist. Denn nun erfolgten die Erkenntnisse, eins um das andre, in einem der Meinung Glasers und Ungers widersprechenden Sinne. So insbesondere eine Plenarentscheidung des Obersten Gerichtshofes vom 7. April 1891.

Entscheidungen dieser höchsten Instanz sind natürlich inappellabel, aber jeder Jurist, und insbesondere auch der Oberste Gerichtshof selbst, ist sich darüber klar, daß sie nicht infallibel sind. Mit einer rühmenswerten Selbstverleugnung hat der Oberste Gerichtshof wiederholt begangene Irrtümer als solche anerkannt und bei neu auftretender Frage den richtigen Bescheid gegeben. Ich erinnere an den merkwürdigen Fall der Valutaprozesse, wo der Oberste Gerichtshof nach einer mehr als zwanzigjährig konstanten irrigen Praxis im Jahre 1890 mutig und gerechtigkeitstreu mit ihr brach, eine entgegengesetzte Entscheidung erließ und das Erkenntnis als Maßstab für die Zukunft kennzeichnete.

Für unsere Frage hoffe ich mit gutem Vertrauen, daß Aehnliches und nicht einmal nach so lang mehr festgehaltenem Irrtum geschehen werde. Denn in der Motivierung, die wesentlich, ja stellenweise wörtlich (vgl. Links, Rechtsprechung des k. k. Obersten Gerichtshofes S. 322 f., mit Rittner, Oesterreichisches Eherecht, S. 99) einem Werke Rittners (Leipzig 1876) entnommen ist, liegt ein Trugschluß vor. Ich will ihn nachweisen und, ob der Wichtigkeit der Sache, um ihn geradezu handgreiflich zu machen, durch Anwendung auf analoge Beispiele illustrieren.

Rittner argumentiert so: „Die Festsetzung des Impedimentum ordinis im österreichischen Privatrechte hat die Bedeutung, daß das Zivilgesetz in diesem Punkte das kirchliche Gesetz recipiert haben will. Da dies ohne eine Einschränkung geschieht, so muß auch das Ehehindernis in dem Maße und in den Grenzen anerkannt werden, als dies im Kirchenrecht der Fall ist. Da nun nach letzterem der Ordinierte auch nach seinem Austritte dem Cölibatsgesetze unterworfen bleibt, so muß dies vermöge des § 63 des A.B.G.B. auch für den staatlichen Bereich gelten. Es handelt sich hier nicht um eine Verpflichtung der Kirche gegenüber, sondern um eine zivilrechtliche Beschränkung persönlicher Rechtsfähigkeit."

Rittner spricht hier in anerkennenswerter Weise faßlich, und das ist, wo ein logisches Versehen vorliegt, immer die größte Erleichterung des Nachweises. Der erste Satz, der zweite Satz sind anstandslos zuzugeben. Gewiß hat der Staat hier ein von der Kirche gegebenes Gesetz recipiert (erster Satz). Ist aber der Inhalt eines Urteiles, so ist auch der Umfang derselbe (zweiter Satz). Der dritte Satz dagegen verlangt eine Emendation. Die kirchliche Anschauung und die des österreichischen Staates gehen in einem wesentlichen Punkt auseinander. Nach der Anschauung der Kirche ist ein eigentlicher Austritt aus ihr, wie der österreichische Staat ihn statuiert, gar nicht möglich. Das Unterthanenverhältnis gilt ihr für den Getauften als gänzlich unlösbar. Hat doch ein west=

fälischer Bischof einmal zum Aergernis der preußischen Protestanten verkündet, daß auch der König von Preußen geistlicher Unterthan des Papstes sei. Nach kirchlichem Rechte sind (wo das Tridentinum verkündet ist) die Ehe= schlüsse der Protestanten, wenn sie nicht in Gegenwart des katholischen Parochus proprius stattfinden, eigentlich ungültig. Geschwisterkinder=Heiraten unter Protestanten, wenn diese nicht die päpstliche Dispens einholen, leiden unter dem Impedimentum dirimens und sind schlechter= dings null und nichtig. Auch zum Fasten, zur Abstinenz, zur österlichen Beichte, zum sonntäglichen Messehören be= anspruchen die betreffenden kirchlichen Gebote, Protestanten und Katholiken gleichmäßig zu . verpflichten. Der dritte Satz von Rittner sollte demnach in folgender Weise be= ginnen: "Da nun nach. letzterem der Ordinierte trotz etwaigen Austrittsversuches nicht wirklich austreten kann und darum dem Cölibatsgesetze unterworfen bleibt," . . . Und wenn man ihn so emendiert hat, so wird kaum einer sein, der nicht Anstand nimmt, mit Rittner fortzufahren: "so muß dies vermöge des § 63. des A.B.G.B. auch für den staatlichen Bereich gelten." Vielmehr ist die einzig vernünftige Gedankenverbindung die: "Da nun aber nach letzterem (dem Kirchenrechte) der Ordinierte trotz etwaigen Austrittsversuches nicht wirklich austreten kann und darum immer in den Augen der Kirche zu den durch den cha- racter indelebilis der Taufe ausgezeichneten Christen und den durch den character indelebilis der Weihen ausge= zeichneten Geistlichen zu rechnen ist, während nach dem österreichischen Rechte der Austritt unter Umständen wirk= lich vollzogen, also der Betreffende, als mit keinerlei character indelebilis gezeichnet, vom Staate weder für einen Christen noch gar für einen Geistlichen gehalten wird: so muß der kirchliche Satz, obwohl er nach Inhalt und Umfang recipiert ist, doch in den Augen des Staates auf eine ganze Klasse von Personen keine Anwendung haben, auf welche er in den Augen der Kirche anzuwenden ist." So ist denn das ganze Gewebe des Arguments zerrissen.

Ich glaube, die Sache ist deutlich genug; doch will ich, wie ich es versprochen, sie durch analoge Beispiele noch zu vollerer Anschaulichkeit bringen. Karl der Große hat in seiner barbarischen Intoleranz den Sachsen den christlichen Glauben und dann auch kirchliche Gebote, z. B. das Fastengebot, als staatliche Gebote oktroyiert, indem er sogar die grausamsten Strafen auf jede Einzelübertretung setzte. Das von ihm auferlegte staatliche Fastengebot war, wenn irgend etwas, die Rezeption eines kirchlichen Gesetzes, also für jeden Christen gültig. Denken wir nun, es wäre sein Nachfolger zur Erkenntnis der Immoralität eines erzwungenen Religionsbekenntnisses gelangt und hätte jedem die Gewissensfreiheit gewährt, aus der Kirche austretend zum Heidentum zurückzukehren, im übrigen an der Gesetzgebung nichts ändernd: wie wäre der Fall nach Rittner, und wie nach der gesunden Logik zu beurteilen? — Die Sache ist klar. Rittner müßte, wenn das Argument in seinem Eherecht ihm als Muster diente, so argumentieren: „Die Festsetzung des Fastengebotes für jeden Christen im fränkischen Recht hat die Bedeutung, daß das Zivilgesetz in diesem Punkte das kirchliche Gesetz recipiert haben will. Da dies ohne eine Einschränkung geschieht, so muß auch das Fastengebot in dem Maße und in den Grenzen anerkannt werden, als dies im Kirchenrechte der Fall ist. Da nun nach letzterem der Getaufte auch nach seinem Austritte dem Fastengebote unterworfen bleibt, so muß dies vermöge des § x des fränkischen Gesetzbuches auch für den staatlichen Bereich gelten. Es handelt sich hier nicht um eine Verpflichtung der Kirche gegenüber, sondern um eine zivilrechtliche Beschränkung persönlicher Freiheit." So ganz offenbar ein Rittnerianer. Und wie die gesunde Logik? Ganz entgegengesetzt! Staat und Kirche, wird sie sagen, erklären zwar gleichmäßig alle Christen für dem Fastengebot unterworfen. Da aber der Staat gewisse Leute nicht mehr als Christen ansieht, welche die Kirche als Christen und durch den character indelebilis der Taufe unabänderlich in ihren Schoß aufgenommen betrachtet, so ergibt sich selbstverständlich, daß er, im Unterschiede von der Kirche, sie dem Fastengebot nicht unterworfen glaubt.

Man könnte dies nun noch mannigfach variieren und zum Beispiel statt des kirchlichen Fastengebots das kirchliche Gebot des sonntäglichen Meßhörens oder der österlichen Beichte (für die Schulzeit ist dies ja da oder dort thatsächlich geschehen) von dem Zivilrecht recipieren lassen. Wie grotesk würde sich im letztgenannten Falle das Resultat des Rittnerschen Interpretationskunststückchens erweisen! Dieses also führt sich selbst ad absurdum. Und so zeigt sich denn klar, daß, wenn unsere Frage vor das gotteingesetzte und durch menschlichen Machtspruch nicht zu beseitigende Tribunal der Logik gebracht wird, die in der erwähnten Rede unseres verdienstvollen Glaser vertretene Rechtsanschauung unzweifelhaft die wahre ist. Die Wahrheit wird aber endgültig triumphieren.

Ueberblicken wir noch einmal rasch den Hauptgedanken! Das dem Kirchenrecht entnommene Gesetz lautet: Geistliche, welche die höheren Weihen empfangen haben, können eine gültige Ehe nicht schließen. Was besagt der Satz? Offenbar, daß jeder, welcher dem Subjekt des Satzes zu subsumieren ist, auch dem Prädikat des Satzes zu subsumieren sei, ohne jegliche Einschränkung.

Nun aber hört der Staat auf, gewisse Personen dem Subjekt zu subsumieren, indem er einen Modus festsetzt der den Christen aufhören läßt, vor ihm als Christ und dann natürlich um so weniger als Geistlicher zu erscheinen, während die Kirche bezüglich der Personen, die sie einmal dem Subjekt subsumiert hat, sie auf Lebenszeit ihm zu subsumieren fortfahren muß. Also muß, trotz jener eben anerkannten uneingeschränkten Gültigkeit des Gesetzes, dennoch der Staat einen Teil der Personen von ihm frei denken, den die Kirche ihm untergibt.

Herr Rittner, der bei einer früher erwähnten Unterredung mit mir so gut wußte, daß ein gewesener Professor kein wahrer Professor ist, kann unmöglich verkennen, daß ein gewesener Christ und Geistlicher kein wahrer Christ und Geistlicher sei, und bei der Suche nach der passendsten Anrede ist ihm damals der Gedanke, mich mit Euer Hochwürden anzusprechen, doch sicher nicht aufgestiegen. Also dem Subjekt des Satzes subsumiert auch er mich nicht, dann aber gehört ein Meisterstück der Auslegung dazu, herauszubringen, wie ich, obwohl nicht dem Subjekt, doch bei uneingeschränkt universeller Gültigkeit des Satzes dem Prädikat subsumiert werden könne, da der ganze Satz mich offenbar dann gar nichts angeht. Es scheint, ich habe genug gesagt und kann darum die dem Leser vielleicht schon unliebsam lange Erörterung abschließen. Doch darf ich es nicht unterlassen, noch einen Punkt zu berühren. Die Motivierung des autoritativ wichtigsten Erkenntnisses im freiheitsfeindlichen Sinne (7. April 1891) ist, wie ich sagte, wesentlich die von Rittner. Dabei fließt aber (l. c. S. 322) eine Bemerkung ein, die mir zwar in ihrer Kürze nicht ganz deutlich, aber immerhin bei der Wichtigkeit der ganzen Frage genugsam berücksichtigenswert erscheint. Es heißt da, „das kirchliche Cölibatsgesetz sei vom Staat darum recipiert worden, weil es zweifelsohne auch aus Gründen der öffentlichen Ordnung und Moral zweckmäßig erschien, diesen Punkt der kirchlichen Disciplin dadurch zu unterstützen". Angenommen, so sei es, so wird sich daran eine Frage knüpfen lassen, die für die Interpretation unseres Gesetzes einige Bedeutung hat. In welchem Falle wird eine öffentliche Ordnung und Moral besser gesichert erscheinen, in jenem, wo wir mit Glaser und Unger, oder in dem, wo wir mit Rittner entscheiden? — Ich denke, unzweifelhaft im ersteren. Nach dieser Interpretation sucht der Staat auch seinerseits zu verhüten, daß kirchliche Beamte sich mit der kirchlichen Disciplin in diesem wichtigen Punkte in Widerspruch setzen. Man mag darüber streiten, ob er daran gut thue, aber es begreift sich die Meinung, daß dies zur öffentlichen Ordnung beitrage. Nach der andern Interpretation sucht er aber auch zu verhindern, daß Leute, die in seinen Augen keine kirchlichen Beamten sind, ja gar nichts mehr mit der Kirche zu schaffen haben, eine Handlung setzen, die zwar kirchlichen Beamten verboten, aber sonst ganz unschuldig, ja für das Gemeinwohl höchst nützlich ist, und deren Verbot bei dem Durchschnitte der Menschen die gröbsten moralischen Unordnungen befürchten lassen muß. Auch das hat Glaser mit seinem ethisch wohlwollenden und psychologisch scharfsichtigen Auge wohl erkannt. Hält man, frage ich, die Ehe oder hält man die mehr lockeren Verbindungen von Mann und Weib für Unordnungen? Oder glaubt man diese letzteren sicherer ausgeschlossen, wenn man auch die Ehe ausschließt? Der Cölibat mag ja manche gute Wirkung haben; er erleichtert dem Geistlichen wie dem Offizier die tapfere Hinopferung für die Sache des Gemeinwesens, und im feudalistischen Mittelalter hat er, wie Comte treffend sagt, verhütet, daß die kirchlichen Würden erblich und dadurch erniedrigt wurden; aber die Wirkung, daß die geschlechtlichen Verirrungen besser ausgeschlossen würden, hat er sicher und auch nach der Ansicht der Kirche selbst nicht, sonst würde sie das matrimonium nicht als remedium concupiscentiae bezeichnen.

Aber vielleicht sagt einer: Nein, nicht dieser, sondern einer anderen Unordnung soll gewehrt werden. Würde der Staat nicht mit seiner Gewalt die Ehe auch dem gewesenen Geistlichen unmöglich machen, so würde, bei dem so natürlichen Verlangen nach der Ehe, bald der ganze Klerus auseinanderlaufen. — Ich staune in der That, daß es nicht wenige gibt, die diese Meinung hegen, die ebensosehr der Erfahrung widerspricht, als die sittliche Kraft verkennt, die dem Gewissen eines gläubigen Priesters innewohnt. Was soll diese psychologische Klügelei? Man schaue doch auf die thatsächlichen Verhältnisse! Man blicke nach Deutschland! Man vergleiche statistisch die Zahlen der Priester, die sich von der Kirche trennen, und man wird sein Wahngebilde zerrinnen sehen. Ich selbst, der ich mich trennte, kann auf Grund eigener Erfahrung (und auch meine früheren Glaubensgenossen werden mir hier Zeugnis geben) versichern, daß die Rücksicht auf den Cölibat nicht das geringste Gewicht für meine Entscheidung in die Wage legte. Wenn ich mich einst ihrem Dienste weihte, so geschah es, um der Wahrheit zu dienen, und wenn ich mich von ihr trennte, weil ich sonst als Heuchler geendet hätte. Als mir katholische Freunde, von Rom kommend, erzählten, daß man auch dort sehnlich nach meiner Rückkehr verlange und auf jede Weise die Schritte mir erleichtern würde (meine damals noch bestehende Ehe sogar, sei ihnen versichert worden, würde infolge huldvollster Dispens dann kirchlich ratifiziert werden), da erfreute zwar und rührte mich solche Liebe, doch zur Rückkehr bestimmen konnte sie mich nicht. Das könnte nur, was mich eben zum Ausscheiden bewog und mich seitdem auf natürlicherem Wege leitete, — das Verlangen nach Wahrheit

III.

Zwei Wünsche habe ich ausgesprochen. Aber wie viele andere für das Heil des Volkes, dem ich so treu verbunden war, regen sich nicht in meinem Herzen? — Möchte doch Oesterreich seinen inneren Frieden finden! Möchten seine Völker ob den Unterschieden der Nationalität die Einheit ihrer Kultur nicht verkennen und ihren Hader um relative Nichtigkeiten in einen Wettstreit in der Förderung dieses höchsten, gemeinsamen Gutes verwandeln! Das wäre eine Koalition, für die das Herz sich erwärmen könnte, und, wenn unser Koalitionsministerium sie anstrebt und vollzieht, dann möge es dauernd Bestand haben!

Es hat ja etwas von fortschrittlichen Elementen aufgenommen. Plener ist darin. Ich hoffe, er wird zeigen, daß er lebendig darin aufgenommen und nicht, wie manche vorschnell kleingläubig murren, darin begraben sei; denn in diesem Falle könnte sein wahrer Freund nur wünschen, daß er recht bald mit seinem Austritte seine politische Auferstehung feierte.

Zu den hohen Gütern der Kultur gehört die Wissenschaft. So gilt denn mein Wunsch insbesondere für diese. Und damit dieser Zweig der Kultur auch weiter noch reiche Früchte trage, so verhüte Oesterreichs guter Schutzgeist, daß die durch das Gesetz gewährte Freiheit der Hochschulen jetzt durch die Verwaltung paralysiert werde. Im besonderen gibt hier Wien zur Besorgnis Anlaß; hat doch Herr v. Madeyski erklärt, daß Wien, als Sitz des apostolischen Nuntius, besondere Rücksichten erheische, und daß darum, was der Universität Prag anstandslos gewährt werden könne, von der Universität Wien vergeblich verlangt werden würde. Gesetzlich in seinen Rechten Prag gleichstehend, soll also in der Verwaltung Wien hinter Prag zurückgestellt sein. Kann man es stillschweigend anhören, wenn solche Grundsätze ausgesprochen werden? — Nein! Die Freiheit ist ein zu kostbares Gut. Und nicht sowohl die Studentenschaft, aber der Lehrkörper der Universität wird hoffentlich dagegen protestieren, wenn polnische Courtoisie es dem Herrn Nuntius zum Geschenke macht.

Und das thut ein Minister, der selbst Universitätsprofessor gewesen ist!

Es lebt in unser aller Erinnerung ein trauriges Ereignis aus dem Jahre 1883, welches zeigt, wie, was das Unterrichtswesen anlangt, die Polen ihr Galizien und das übrige Reich nicht gleichmäßig behandelt wissen wollen [1]). Vielleicht wäre darum der Herr Minister etwas minder freigebig gewesen, wenn der apostolische Nuntius statt in Wien in Krakau oder Lemberg säße.

---

[1]) Die „Augsburger Allgemeine Zeitung" vom 9. Januar 1884 berührt diesen Vorgang mit folgenden Worten: „Während ein Einfluß des Reichsrats auf Galizien fast nicht mehr besteht, übt Galizien vollen Einfluß auf alle Reichsratsländer, und so konnte es kommen, daß im verflossenen Jahre die galizischen Abgeordneten die Schulgesetznovelle zwar für alle andern Reichsratsländer durchsetzten, aber für Galizien selbst ablehnen durften — ein widersinniges politisches Unikum, welches natürlich auf Seite der Besiegten große Erbitterung hervorrufen mußte."

Der Fall, in welchem die Maxime des Herrn Ministers zum ersten mündlichen Ausdrucke und zur ersten faktischen Anwendung kam, war ein solcher, wo es sich um die Philosophie handelte. Diese ist an unserer Universität schon so lang im Wirrsal belassen worden, und nun sollen abermals fremdartige Rücksichten es verhindern, daß das erkannte Beste für sie geschehe. Wie sollte ich da nicht fürchten, daß nach meinem Weggange hier alles aus dem richtigen Geleise komme? Die Gefahr dazu in der That ist eine imminente. Denn unsere Zeit ist eine Zeit des Ueberganges, des Erwachens der Philosophie nach einer Periode traumhaft willkürlicher Konstruktionen. Das Unkraut ist nicht ausgerodet. Es gehört ein Kennerauge dazu, junge edle Keime in ihrer Besonderheit zu würdigen. Wird das Ministerium, das nach Ablehnung der Universitätsvorschläge kühn für sich vorgegangen ist, wirklich ein solches Kennerauge besitzen?

Herr Rittner, in dem Gespräch, das er zuletzt mit mir führte, gestand mir ganz offen, daß er von philosophischen Dingen nichts verstehe. Warum aber, muß man sich dann fragen, hat Herr v. Madeyski gerade ihn sowohl mit dieser Verhandlung betraut, als auch nach Breslau geschickt, um den scholastizierenden Bäumker für Wien zu gewinnen? Ist vielleicht — fast fürchte ich es — für den uns so jäh entrissenen David überhaupt noch kein Mann gefunden, der ähnlich wie er für die Philosophie Verständnis und Interesse hätte? In diesem Falle wäre es doch an der Zeit, an die Berufung einer Persönlichkeit wie die des Baron Pidoll, Direktors der Theresianischen

Akademie, des einstigen treuen Gehilfen von David, zu denken.

Zu was für seltsamen Meinungen über das Wesen der Philosophie haben nicht ihre vielfachen Entartungen geführt! Ein angesehener Vertreter der Volkswirtschaft behauptete mir einmal, unter der Philosophie sei diejenige Disciplin zu verstehen, die über alle jene Fragen, über die man schlechterdings nichts wissen könne, Auskünfte erteile. Die Menschen verlangten eben auch darüber Bescheid, und, da Nachfrage sei, so komme es auch zum Angebot, und die Ware habe einen recht bedeutenden Marktwert. So wollte denn er im Unterschiede von mir in der „Zukunft der Philosophie"[1]) die stete Berechtigung derselben begründen. Ob sich aber so mit irgend welchem Schein auch ihre Berechtigung an der Universität begründen ließe, ist mehr als zweifelhaft. Vielmehr wäre der Antrag auf Ausschluß eines solchen prinzipiellen Charlatanismus ganz am Platze.

Die Philosophie ist eine Wissenschaft wie andere Wissenschaften und muß darum, richtig betrieben, auch eine mit der Methode anderer Wissenschaften wesentlich identische Methode haben. Die naturwissenschaftliche Methode (ich verweise dafür auf meine eben erwähnte Schrift) ist, das ist heute ausgemacht, auch für die Philosophie die einzig wahre. Und so allein wird sie sich

---

[1]) Franz Brentano, Ueber die Zukunft der Philosophie. Mit apologetisch-kritischer Berücksichtigung der Inaugurationsrede von Adolf Exner, Ueber politische Bildung, als Rektor der Wiener Universität. Wien, Alfred Hölder 1893.

dann auch mit den anderen Wissenschaften im Kontakt erhalten; denn nirgends sind die von uns unterschiedenen Wissensgebiete scharf begrenzt, alle greifen vielmehr irgendwie ineinander über. In allen aufsteigenden Perioden der Philosophie hat diese Methode geherrscht [1]), und wo sie verlassen wurde, war ihr Verfall notwendig; der wissenschaftliche Charakter der Forschung war dahin. Mit großer Besorgnis blicke ich darum auf die Möglichkeit, daß dies nach meinem Weggang, wenn nicht sogleich, doch später hier geschehen werde.

Dagegen gäbe nun eines mehr als jedes andere die geeignete Garantie: die Errichtung eines psychologischen Instituts, einer Anstalt, die keinem, der nicht nach naturwissenschaftlicher Methode und im Kontakt mit der Naturwissenschaft seine Forschung betreibt, wird anvertraut werden können. Der philosophische Katheder bekäme darum eine Art von sicherndem Ballast, während jetzt sein wissenschaftlicher Charakter von einem Windstoß, von irgend welcher Richtung kommend, umgestürzt und in das Gegenteil verkehrt zu werden droht.

Und nicht bloß zum Ausschluß solcher Gefahr, sondern auch darum muß ich die Errichtung des psychologischen Institutes auf das angelegentlichste empfehlen, weil ohne die Mittel, wie ein solches Institut sie bietet, sehr wesentliche psychologische Untersuchungen gar nicht durchführbar sind. Schon für Descartes, der seinerzeit die philosophische Forschung wieder in die wissenschaft-

---

[1]) Vgl. Franz Brentano, Die vier Phasen der Philosophie und ihr augenblicklicher Stand. Stuttgart, Cotta 1895.

liche Bahn lenkte, machte sich dies fühlbar. In seinen Briefen finden wir die Bemerkung, auf gewisse Untersuchungen, die sehr dringlich seien, müsse er verzichten, weil sie Mittel verlangten, deren Beschaffung die Kräfte seines Privatvermögens überstiegen. In der neuesten Zeit sind eine Menge von Arbeiten der verschiedensten Art, wie die über die Elemente der Empfindungen (zum Beispiel zusammengesetzter Klänge) und die über den Instinkt und eine von den einen behauptete, von den anderen geleugnete scharfe Grenze zwischen Menschen- und Tierseele mit oft nicht wenig komplizierten Hilfsmitteln für Beobachtung und Experiment zu mehr oder minder glücklichem Ergebnisse geführt worden.

Meine Schule unterscheidet eine Psychognosie und eine genetische Psychologie (in entfernter Analogie zur Geognosie und Geologie). Die eine weist die sämtlichen letzten psychischen Bestandteile auf, aus deren Kombination die Gesamtheit der psychischen Erscheinungen wie die Gesamtheit der Worte aus den Buchstaben sich ergibt. Ihre Durchführung könnte als Unterlage für eine Characteristica universalis, wie Leibniz und vor ihm Descartes sie ins Auge gefaßt haben, dienen. Die andere belehrt uns über die Gesetze, nach welchen die Erscheinungen kommen und schwinden. Da die Bedingungen wegen der unleugbaren Abhängigkeit der psychischen Funktionen von den Vorgängen im Nervensystem großenteils physiologische sind, so sieht man, wie hier die psychologischen Untersuchungen mit physiologischen sich verflechten müssen. Eher könnte einer von der Psychognosie vermuten, daß sie vom Physiologischen ganz absehen und darum auch aller instrumentalen Hilfsmittel entraten könne. Aber schon die eben erwähnte Analyse der Empfindungen, sei es auf dem Gebiete des Gehörs, sei es auf dem des Gesichts oder gar der niederen Sinneserscheinungen (einem Gebiete, wo sie bisher äußerst unvollkommen geführt worden ist), kann ihre wesentlichsten Erfolge nur mittels sinnreich erdachter instrumentaler Hilfsmittel erzielen; und diese Arbeit ist eine psychognostische.

Die längste Zeit waren es ausschließlich Männer, die sich Naturforscher, und schier niemals einer, der sich Philosoph nannte und als solcher angestellt war, die auf diesem Gebiete Erfolge aufzuweisen hatten. Und der Hauptgrund dafür ist wohl sicher in dem Mangel an jeder Ausstattung mit den entsprechenden Apparaten zu suchen. Die Arbeiten, weil von Physiologen und Zoologen ausgeführt, hörten darum aber nicht auf, wirklich philosophische, beziehungsweise psychologische zu sein. Zur Naturwissenschaft gehört ja nichts als Raum, Zeit, Bewegung. Die von den Naturforschern bevorzugte Anschauung faßt selbst die kompliziertesten physiologischen Prozesse sämtlich als mechanische auf. Wo daher das Bewußtsein (in jenem weitesten Sinne, in welchem Du Bois-Reymond das Wort gebraucht) beginnt, beginnt das Reich der Psychologie. Aber, wie ich schon sagte, die Grenzen, die wir zwischen Wissenschaft und Wissenschaft ziehen, können nirgends streng eingehalten werden, und so gewiß nach dem Gesagten Empfindung, Wahrnehmung, Gedächtnis, Phantasie und phantastische Sinneserscheinung, Instinkt, Liebe u. s. w. dem Bereiche des Psychischen zugehören, so zeigen uns doch die Werke von Helmholtz, Hering, Johannes Müller, Darwin, Lubbock, Mosso u. s. w. diese hervorragenden Naturforscher mit ernsten Untersuchungen darüber beschäftigt. Und zu solchen Uebergriffen wird es, wenn die Philosophen einmal in stand gesetzt sind, ihre Aufgabe bis zur Grenze der Naturwissenschaften hin zu verfolgen, sicher auch von ihrer Seite mehr als einmal kommen.

Das psychologische Institut ist also ein unabweisbares Bedürfnis.

Zu was für Verirrungen die Psychologen ob dem Mangel seiner Hilfsmittel geführt werden, zeigt besser vielleicht, als irgend etwas anderes, das gänzliche Fehlschlagen des Versuches von Herbart, eine wissenschaftliche Psychologie zu begründen. Sein Ernst, sein Streben nach Exaktheit verdienen die höchste Anerkennung. Sie verraten sich in einer Fülle unter Anwendung der Mathematik weitgeführter Deduktionen. Aber — man verüble es mir nicht, wenn ich bei so wichtiger Sache mein Urteil offen ausspreche — es fehlt überall an der Erfahrungsgrundlage. So nimmt zum Beispiel Herbart ununtersucht an, daß zwei Lichter doppelt so hell beleuchten als eines (vgl. dagegen Webers und Fechners Untersuchungen), und daß entgegengesetzte Vorstellungen nach Maßgabe ihrer Stärke sich hemmen (vgl. dagegen die sich gleichzeitig fördernden Gegensätze des simultanen Kontrastes) u. s. w. Seine Psychologie hat mich oft an das launige Gedicht Goethes, „Katzenpastete", erinnert. Ein Koch will selbst sich sein Wildbret aus dem Walde holen, kennt sich aber so wenig in seiner Tierwelt aus,

daß er statt eines Hasen eine wilde Katze als Beute heim=
bringt. Nun wendet er an sie alles Raffinement der
studiertesten Kochkunst. Umsonst!

> „Die Katze, die der Jäger schoß,
> Macht nie der Koch zum Hasen."

Nach so manchem, was ich gesagt, um die öffentliche
Meinung für die Unentbehrlichkeit des psychologischen
Instituts zu gewinnen, will ich auch gewisse naheliegende
Einwände erledigen.

Vor allem wird einer vielleicht sagen: Du scheinst
mir mit deinem psychologischen Institute auf nichts an=
deres als auf ein physiologisches Institut abzuzielen. Das
aber besitzen wir ja bereits in der medizinischen Fakultät.
— Ich antworte, daß dies nicht richtig ist. Vielmehr
wird gar vieles, was dort von Apparaten sich findet,
hier fehlen können, während das, was gemeinsam ist,
hier reichhaltiger gegeben sein sollte. Sähe man von
diesem Unterschiede ab, so könnte man behaupten, daß
Wien schon jetzt zwei physiologische Institute, eines an
der Universität, das andere an dem Konservatorium für
Musik besitze, wo Regierungsrat Zellner, dessen Verlust
wir kürzlich zu beklagen hatten, als Lehrer der Musik=
theorie über reichhaltige Apparate zur Lehre von der
Tonempfindung verfügte. Aehnlich wird vielleicht einmal
eine Sammlung von Apparaten für die Lehre von der
Farbenempfindung und optischen Sinnestäuschung zum
Behufe analoger Studien an der Akademie der bildenden
Künste begründet werden.

Uebrigens bemerke ich, daß es für die wissenschaft=

lichen Studien von mehrfachem Nachteil ist, daß nicht wirklich eine vollständige physiologische Lehrkanzel mit allen erforderlichen Apparaten in der philosophischen Fakultät sich findet. Es ist ganz offenbar, daß nach der ganzen Idee der philosophischen Fakultät die Physiologie ebenso= gut wie die Zoologie hineingehört. In der Reihe der Wissenschaften (Mathematik, Physik, Chemie, Psychologie) ist der Mangel der Physiologie zwischen Chemie und Psychologie eine geradezu störende Lücke. Unter anderm hat sich daran die beklagenswerte Bestimmung geknüpft, daß beim Hauptrigorosum aus der Philosophie das Neben= rigorosum[1]) nie, wie es so natürlich wäre, aus der in Wahrheit nächstangrenzenden Disciplin gemacht werden darf. Wie gut wäre es in dieser Hinsicht, wenn die jetzt projektierte zweite physiologische Lehrkanzel, statt der medizinischen, der philosophischen Fakultät zugeteilt würde! Doch das ist jetzt nicht unsere Frage. Es handelt sich, wie sich zeigt, bei dem psychologischen Institut um etwas wesentlich anderes als um ein ganzes, der Physiologie ge= weihtes Institut. Nur erscheint dieses psychologische In= stitut nach dem eben Gesagten bei der bestehenden Ein= richtung, welche die Physiologie einzig in die medizinische Fakultät verlegt, womöglich noch unentbehrlicher.

---

[1]) Ich berühre hiemit eigentümlich österreichische Einrichtungen. Das philosophische Doktorexamen zerfällt hier in zwei Teile, ein „Haupt=" und „Nebenrigorosum". Wird das Hauptrigorosum aus der Philosophie im engeren Sinne gemacht, so bezieht sich das Nebenrigorosum auf andere Disciplinen, die der philosophischen Fakultät zugeteilt sind, z. B. auf Philologie oder auf Geschichte oder auf Mathematik und Physik u. s. f.

Doch nun noch eines. Vielleicht erwidert jemand: Mag es sein, daß die Psychologie ohne physiologische Apparate nicht entsprechend angebaut werden kann. Aber daraus ziehe ich vielmehr die Folgerung, daß man dem Philosophen die Psychologie ganz abnehmen und sie dem Physiologen zuteilen solle. Es umfaßt ja das, was man jetzt Philosophie nennt, eine große Vielheit von Disciplinen, Metaphysik und Erkenntnistheorie und Logik und Aesthetik und Ethik u. s. f., wozu dann noch die Geschichte der Philosophie kommt, von welcher man gemeiniglich viel mehr als von der Geschichte irgend welcher andern Wissenschaft Kenntnis zu gewinnen verlangt. So bliebe auf der einen Seite noch genug übrig, und auf der andern wäre die Psychologie, und somit alles genugsam besorgt.

Aber gerade dies wäre das Verkehrteste, was man nur thun könnte. Die Geschichte der Philosophie kann nur der wahrhaft lichtvoll darstellen, der in der systematischen Philosophie selbst auf der Höhe der Forschung steht. Und die systematischen Disciplinen der Philosophie zeigen sich, wenn man die Sache gründlich erwägt, in Bezug auf das Prinzip natürlicher Arbeitsteilung noch inniger verbunden. Auf Grund neuer psychologischer Ergebnisse schmeichle ich mir, die elementare Logik reformiert und in die Prinzipien ethischer Erkenntnis einen tieferen Einblick gewährt zu haben. Und ähnlich ließe sich für die Aesthetik und jede andere Disciplin der Philosophie aufs leichteste nachweisen, daß sie, losgetrennt von der Psychologie, wie ein vom Stamme losgetrennter Zweig verdorren müßte.

Noch eines! Es darf nicht anders erwartet werden, als daß, wer von der Naturwissenschaft her ins psychische Gebiet übergreift, von den psychischen Phänomenen, für welche er die physiologischen Bedingungen sucht, keine so volle Kenntnis hat, als der für das Psychische vornehmlich sich interessierende Forscher. Bei Helmholtz sogar findet sich der Unterschied zwischen anschaulicher und unanschaulicher Vorstellung nicht richtig bestimmt, bei Hering die psychische Erscheinung des Gedächtnisses nicht nach allen ihren Momenten aufgefaßt, bei Meynert das eigentliche Wesen des Urteils nicht begriffen. Die Kontrolle, die Philosophie und Physiologie, beide in gleich wissenschaftlichem Sinne betrieben, auf dem Grenzgebiete gegenseitig üben, wird darum immer der Sache äußerst ersprießlich sein.

Ich weiß, man kargt jetzt in Oesterreich mit Ausgaben für wissenschaftliche Zwecke. Möge man es hinsichtlich eines so wesentlichen Erfordernisses für das Gedeihen der Philosophie nicht thun! In dieser Absicht möchte ich bitten, zu erwägen, wieviel der österreichische Staat in den Jahren, wo ich unentgeltlich die philosophische Lehrkanzel verwaltet, an systemisiertem Gehalte erspart hat. Möge das so den Zwecken, für die es gesetzlich bestimmt war, Entzogene durch eine reiche Dotation des psychologischen Institutes nicht mir, aber den Interessen der Philosophie in Oesterreich gewissermaßen restituiert werden! Und möge überhaupt ein gesegnetes Gedeihen des Feldes, auf dem ich lange unter bedrückenden Kränkungen gearbeitet, mich in nichts vermissen lassen!

Auch sonst möge sich ein Wort erfüllen, das einst

Glaser tröstend zu mir sprach. In Voraussicht der Störungen klagte ich, daß so manches Gute, worauf mein Wirken an der Hochschule abgezielt, infolge davon nicht werde erreicht werden können. „Seien Sie getrost," sagte er, „wer weiß, ob sich nicht an das, was Sie jetzt thun, in einer andern Richtung eine größere Förderung der öffentlichen Interessen knüpfen wird, als die aus der ungehemmtesten Lehrthätigkeit sich dafür ergeben hätte." Gewiß dachte er dabei an die Lösung der Verwirrung auf eherechtlichem Gebiete, die mein Fall in der That vielleicht neu als dringlich gekennzeichnet hat. Man sieht, eine wie große Wichtigkeit der edle Mann der Sache beilegte.

Beilage I.

Die Kritik des Wiener „Vaterland" und meine Abwehr.

Nachdem „Meine letzten Wünsche für Oesterreich" am 2., 5. und 8. Dezember 1894 in der „Neuen Freien Presse" erschienen waren, hat das bekannte feudale Organ „Das Vaterland" sie zum Gegenstand von Angriffen gemacht, die meinerseits nicht unerwidert geblieben sind. Indem ich die zwischen uns geführte Polemik mitteile, wird, hoffe ich, die eherechtliche Frage, auf welche die Kritik hauptsächlich sich bezieht, noch besser ins Licht gestellt werden.

1.
Zum Falle Brentano.

(„Das Vaterland", Zeitung für die österreichische Monarchie. Donnerstag den 13. Dezember 1894, Morgenblatt.)

Der apostasierte katholische Priester Dr. Franz Brentano, früher Professor, dann Privatdozent der Philosophie an der (stiftungsmäßig katholischen!)

Wiener Universität, hat in den letzten Tagen auf seine eigene Veranlassung viel von sich reden und schreiben gemacht. Er selbst schrieb drei sehr prolixe Artikel in der „Neuen Freien Presse", betitelt: „Meine letzten Wünsche für Oesterreich". Was Dr. Brentano hierin von seinem persönlichen Verhältnisse zur Regierung und zu Amtspersonen berichtet, müssen wir schon deswegen unerörtert lassen, weil wir nicht in der Lage sind, seine Angaben irgendwie zu kontrollieren; auch die kundgegebenen philosophischen Anschauungen wollen wir an dieser Stelle unbeachtet lassen; nur den zweiten Artikel, in welchem Brentano seine sogenannte „Ehe" behandelt, wollen wir in Betracht ziehen.

Bevor wir in die Materie eingehen, können wir nicht umhin zu gestehen, daß wir den Gegenstand nur mit unsäglichem Schmerze behandeln. Den Grund dessen mögen folgende, einem „Compendiosa Regula Cleri" betitelten Büchlein entnommenen Zeilen andeuten, deren lateinisches Gewand wir absichtlich durch keine Verdeutschung alterieren: „Grandis dignitas sacerdotum! sed grandis ruina eorum, si peccent! Cum sint angeli Domini, quodammodo dii et vere filii excelsi omnes, quando ipsi peccant, profunde peccant, inexcusabiles sunt; earum conversio est admodum difficilis. Nihil impossibilius quam corrigere eum, qui omnia scit; nam quidquid terribile est in Scripturis, usu vilescunt, propterea clericus si coeperit eas contemnere, numquam excitatur, ut illas timeat; quis unquam vidit clericum cito poenitentem? Laici delinquentes facile emendantur; clerici autem si mali fuerint, incorrigibiles sunt. Unde videntur thesaurizare sibi iram Dei per vitam et tandem mori morte peccatorum pessima."

Dr. Brentano vertsicht in dem berührten Artikel den Standpunkt, ein von der katholischen Kirche ab= gefallener Priester könne, österreichischer Staats= bürger bleibend, in Oesterreich eine staatlich gültige Ehe eingehen, und beruft sich zur Erhärtung dieser seiner Ansicht auf die Ansichten Glasers und Ungers und ins= besondere auf ein Erkenntnis des Prager Landesgerichtes vom 4. November 1876, dahin gehend, daß der katholische Priester Franz Pawlovsky seinen Austritt aus der katholi= schen Kirche und seinen Uebertritt zum evangelischen Glauben Augsburger Bekenntnisses angezeigt habe. „Hier= durch", sagt das Landesgericht, „hat Pawlovsky in legaler Weise aufgehört, ein Mitglied der katholischen Kirche und sohin auch katholischer Geistlicher zu sein. Das Ehe= hindernis des § 63 (von dem wir alsbald sprechen werden) verbietet nur den Geistlichen wegen der empfangenen höheren Weihe die Eingehung einer gültigen Ehe. Paw= lovsky war aber am 28. September 1874 kein Geist= licher mehr, sohin war er auch in keiner Weise gehindert, an diesem Tage eine gültige Ehe mit der Anna K. ein= zugehen, denn der § 63 bestimmt nicht, daß jeder, welcher die höheren Weihen empfangen hat, nicht mehr berechtigt ist, eine gültige Ehe zu schließen, sondern er beschränkt dieses Hindernis nur auf die Geistlichen und sohin auch nur auf die Dauer dieses Verhältnisses als Geistlicher. Ist nun dieses Verhältnis gelöst worden und hat die Eigenschaft als Geistlicher aufgehört, so tritt der frühere

Geistliche in alle Rechte, die ihm vor dem Eintritte in den geistlichen Stand zugestanden haben, sohin auch in das Recht einer gültigen Eheschließung, da eben mit der Erlöschung seiner Eigenschaft als Geistlicher auch das mit derselben verknüpfte gesetzliche Ehehindernis aufgehört hat. Da kein Gesetz bestimmt, daß jemand, der die höheren Weihen empfangen hat, für immer ein Geistlicher bleibe, und da Pawlovsky nach Zulaß des Gesetzes vom 25. Mai 1868, Art. 4, aufgehört hat, ein Mitglied der katholischen Kirche zu sein, und da durch seinen Uebertritt nach Art. 5 alle Rechte der katholischen Kirche auf denselben aufgehört haben, so ist dargethan, daß der Gültigkeit seiner Ehe das Hindernis nach § 63 nicht entgegenstehe."

Lassen wir nun vorläufig dieses Erkenntnis des Prager Landesgerichtes auf sich beruhen, um uns den § 63 A.B.G. anzusehen; er lautet:

„Geistliche, welche schon höhere Weihen empfangen, wie auch Ordenspersonen von beyden Geschlechtern, welche feyerliche Gelübbe der Ehelosigkeit abgelegt haben, können keine gültigen Eheverträge schließen."

Aus dem Wortlaute dieses Paragraphen geht klar und deutlich hervor, daß das kirchliche Ehehindernis des Ordo und des Votum solemne einfach in das staatliche oder bürgerliche Ehegesetz herübergenommen ist. Da dieses Ehehindernis einzig und allein die katholische Kirche aufgestellt, und da der Staat dasselbe ohne alle Einschränkung in sein Gesetzbuch aufgenommen hat, so kann diese Herübernahme nur im Sinne der katholischen Kirche intendiert sein, das heißt, der in einer höheren Weihe stehende Geistliche (Subdiakon, Diakon, Priester), sowie jede Ordensperson mit feierlichen Gelübden, auch wenn sie keine höhere Weihe empfangen hat, ist unfähig, eine Ehe einzugehen. Auch das Motiv zu diesem Ehehindernis kann der staatliche Gesetzgeber nur der Kirche entnommen haben, denn wie vermöchte der Staat aus sich selbst heraus ein solches Ehehindernis zu begründen? Bezüglich der nicht in einer höheren Weihe stehenden Ordensperson liegt der Grund des Ehehindernisses eben in dem Votum castitatis, solange sie hiervon nicht von der zuständigen kirchlichen Autorität dispensiert ist. Der Grund aber, warum die Kirche auch den exkommunizierten, degradierten und apostasierten Kleriker der höheren Weihen zum Cölibat verpflichtet, liegt in dem unauslöschlichen Merkmale (character indelebilis), der durch die höhere Weihe dem Ordinierten aufgedrückt wird, vermöge dessen er immer und ewig ein Geweihter (also insbesondere auch Priester) bleibt, und er weder sich selbst noch sonst irgend jemand ihm die Weihe nehmen kann. Wenn daher das bürgerliche Gesetz das Ehehindernis der Weihe ohne alle Einschränkung acceptiert hat — wie dies der Wortlaut des § 63 in der That bezeugt — so kann es dasselbe nur im Sinne und in derselben Ausdehnung wie die Kirche acceptiert haben.

Der § 63 sagt: „Geistliche, welche schon höhere Weihen" 2c., zum Unterschiede von jenen Geistlichen (Klerikern), die bloß niedere Weihen empfangen haben und darum zum Cölibat nicht verpflichtet sind. Man kann nicht interpretieren: Nur dann ist jemand, der höhere Weihen empfangen hat, zur Eheschließung unfähig, wenn er Geistlicher ist; denn es kann weder jemand katholischer Geistlicher sein, der keine Weihen empfangen hat, noch kann derjenige, der höhere Weihen empfangen hat, je aufhören, Geistlicher zu sein. Der Ausdruck „Geistliche" im § 63 kann demnach nur den angegebenen Sinn haben, oder er hat gar keinen. Was unter einem „Geistlichen" zu verstehen ist, kann doch nicht das bürgerliche Gesetz bestimmen, da ja der Staat auf seinem eigenen Gebiete keinen Geistlichen kennt; er muß also diesen Begriff von der Kirche herübernehmen, mindestens müßte sonst das Gesetz ausdrücklich erklären, daß es unter „Geistlicher" etwas anderes versteht, als die Kirche. Darum ist es ganz hinfällig, einzuwenden, der § 63 bestimme nicht, daß jeder, der die höheren Weihen empfangen hat, nicht mehr berechtigt sei, eine gültige Ehe zu schließen, sondern beschränke dieses Hindernis nur auf die Geistlichen, und kein Gesetz bestimme, daß jemand, der die höheren Weihen empfangen hat, immer ein Geistlicher bleibe; es braucht kein Gesetz das zu bestimmen, da das Gesetz den Begriff „Geistlicher in höheren Weihen" taliter qualiter der Kirche entlehnt hat. Darum ist in obigem Erkenntnisse des Prager Landesgerichtes die Berufung auf § 17 A.B.G. irrig. Denn wenn dieser Paragraph sagt: „Was den angeborenen natürlichen Rechten angemessen ist, dieses wird solange als bestehend angesehen, als die gesetzmäßige Beschränkung dieser Rechte nicht bewiesen wird", so steht bei dem apostasierten Priester der Anwendung dieses Paragraphen der § 63 entgegen; aus demselben

Grunde kann auch § 47 nicht angerufen werden: „Einen Ehevertrag kann jedermann schließen, insofern ihm kein gesetzliches Hindernis im Wege steht.". Nicht minder unzulässig ist es, Art. 5 des Gesetzes vom 25. Mai 1868 anzuziehen, der lautet: „Durch die Religionsveränderung gehen alle genossenschaftlichen Rechte der verlassenen Kirche oder Religionsgenossenschaft an den Ausgetretenen ebenso wie die Ansprüche dieses an jene verloren." Es handelt sich hier um keine Rechte und Ansprüche, jedenfalls nicht im Sinne des Gesetzes; denn der dem Ordinierten anhaftende character indelebilis, auf dem die unter allen Umständen aufrecht bleibende Verpflichtung zum Cölibat beruht, ist durchaus sui generis, ein ganz eigenartiges, mit nichts vergleichbares Etwas.

Wie wir gesehen, kann der Ausdruck „Geistlicher" im § 63 nur im Sinne der katholischen Kirche aufgefaßt werden. Wollte das Gesetz einen apostasierten Priester nicht mehr als Geistlichen betrachten, so müßte es dies entweder ausdrücklich sagen, oder es müßte durch eine Novelle außer Kraft gesetzt sein, oder es müßte eine authentische Interpretation in dem eben angegebenen Sinne vorliegen. Die beiden ersten Annahmen treffen, wie bekannt, nicht zu; authentische Interpretationen aber, nämlich Judikate des Obersten Gerichtshofes, liegen im entgegengesetzten Sinne vor. Schon vor jenem sonderbaren Erkenntnisse des Prager Landesgerichtes, nämlich am 9. November 1875, hatte der Oberste Gerichtshof entschieden: „Der Uebertritt des römisch=katholischen Priesters zu einer andern Konfession ändert nichts an dem Bestande des Ehehindernisses des § 63", nachdem übrigens schon die beiden ersten Instanzen in diesem Sinne entschieden hatten. Besonders eklatant ist der Fall des apostasierten Piaristen Vincenz Kraus. Dieser hatte schon 1879 eine „Ehe" geschlossen. Erst nach elf Jahren wurde er dafür vom Bezirksgerichte zur Verantwortung gezogen. Dasselbe sprach den Apostaten frei wegen Verjährung. Das Oberlandesgericht jedoch und der Oberste Gerichtshof erklärten die „Ehe" für ungültig auf Grund des § 63. Eine Verjährung kann ja hier selbstverständlich nicht platzgreifen, da eine ungültige Ehe durch die Dauer zu keiner gültigen werden kann. Die Motivierung jenes Erkenntnisses des Obersten Gerichtshofes war eine meisterhafte, die jedem Kanonisten Ehre gemacht hätte.

Brentano selbst citiert aus Rittners „Oesterreichisches Eherecht" folgende Argumentation: „Die Festsetzung des Impedimentum Ordinis im österreichischen Privatrechte hat die Bedeutung, daß das Zivilgesetz in diesem Punkte das kirchliche Gesetz recipiert haben will. Da dies ohne eine Einschränkung geschieht, so muß auch das Ehehindernis in dem Maße und in den Grenzen anerkannt werden, als dies im Kirchenrechte der Fall ist. Da nun nach letzterem der Ordinierte auch nach seinem Austritte dem Cölibatsgesetze unterworfen bleibt, so muß das vermöge des § 63 A.B.G. auch für den staatlichen Bereich gelten." Brentano nennt diese unanfechtbare Deduktion kühn einen „Trugschluß". Er erkennt die Richtigkeit des ersten und zweiten Satzes an, will aber dann folgenden Schluß ziehen: „Da nun nach dem Kirchenrechte der Ordinierte nicht wirklich austreten kann und darum immer in den

Augen der Kirche . . . zu den durch den character indelebilis der Weihen ausgezeichneten Geistlichen zu rechnen ist, während nach dem österreichischen Rechte der Austritt unter Umständen wirklich vollzogen, also (!) der Betreffende als mit keinerlei character indelebilis gezeichnet, vom Staate weder für einen Christen, noch gar für einen Geistlichen gehalten wird: so muß der kirchliche Satz, obwohl er nach Inhalt und Form recipiert ist, doch in den Augen des Staates auf eine ganze Klasse von Personen keine Anwendung finden, auf die er in den Augen der Kirche anzuwenden ist." „Auf diese Weise", meint Brentano, „ist das ganze Gewebe des Argumentes zerrissen." Ja merkt denn der „Philosoph" nicht, daß er sich in einer petitio principii bewegt, wie sie eklatanter kaum gedacht werden kann? Er nimmt als bewiesen an, daß der Staat einen abgefallenen Geistlichen als keinen Geistlichen betrachtet; es handelt sich aber eben darum, dies zu beweisen; denn solange dies nicht bewiesen ist, ist auch das Ehehindernis des § 63 für einen abgefallenen Geistlichen nicht beseitigt; bewiesen werden kann es nur aus positiven gesetzlichen Bestimmungen oder aus authentischen Interpretationen.

Rittners Argumentation beruht offenbar auf folgendem Syllogismus: Wenn ein Gesetz von einem andern Gesetze ohne Einschränkung recipiert ist, so gilt es für alle analogen Fälle; das Cölibatgesetz ist vom bürgerlichen Gesetze ohne Einschränkung recipiert; folglich findet das Cölibatgesetz nach dem bürgerlichen Gesetze auf alle Fälle Anwendung, auf die es nach dem Kirchengesetze Anwendung findet. Nach Brentano müßte aber der

Syllogismus so lauten: Ein ohne Einschränkung recipiertes Gesetz findet auf alle analogen Fälle Anwendung; das Cölibatgesetz ist ohne Einschränkung recipiert; folglich findet es auf eine ganze Reihe von Fällen — keine Anwendung.

So glauben wir denn „das ganze Gewebe des Argumentes zerrissen" zu haben, das Brentano in der „Neuen Freien Presse" mit soviel Zuversicht und Selbstbewußtsein zusammengefügt hat. Was er sonst noch vorbringt, ist durchaus irrelevant oder gar nicht zur Sache gehörend.

Wir wollen nur noch auf eine Analogie in der österreichischen Gesetzgebung hinweisen. § 111 A.B.G. lautet: „Das Band einer gültigen Ehe kann zwischen katholischen Personen nur durch den Tod des einen Ehegatten getrennt werden. Ebenso unauflöslich ist das Band der Ehe, wenn auch nur ein Teil schon zur Zeit der geschlossenen Ehe der katholischen Religion zugethan war." Auch dieser Paragraph ist aus der katholischen Glaubenslehre und dem katholischen Kirchenrechte ohne Einschränkung recipiert, und liegen in diesem Sinne viele Judikate der österreichischen Gerichte vor.

2.

Dr. Friedrich Maaßen über das Eherecht des ausgetretenen Geistlichen.

Replik auf einen Angriff im „Vaterland".
Von Franz Brentano.
(„Neue Freie Presse", Samstag den 15. Dezember 1894, Morgenblatt.)

Das „Vaterland" vom 13. Dezember 1894 beschäftigt sich eingehend mit mir und „Meinen letzten Wünschen für Oesterreich". Auf eigene Veranlassung, sagt es, habe ich in diesen Tagen viel von mir reden und schreiben gemacht. In gewissem Sinne ist das wahr, denn ein Wort in der Litterarischen Gesellschaft, das auf meinen wahrscheinlich nahen Abschied hindeutete, hat eine von mir selbst nicht geahnte Bewegung hervorgerufen; und da ich nun zu meiner Ueberraschung von Journalisten besucht und um nähere Aufschlüsse gebeten wurde, habe ich keinem die verlangte Auskunft verweigert. Ich hatte nichts zu verhüllen, und ich glaubte, daß es dem Gemeinwohl dienlich sei, wenn Akte höchster Unbilligkeit von der öffentlichen Meinung gerichtet würden.

Indes geschah in meinem Falle, was gewöhnlich geschieht. Da und dort wurde etwas, was ich gesagt, falsch aufgefaßt oder auch durch willkürliche Zuthaten entstellt. Unvorsichtig genug, wollten manche mich dann für alles verantwortlich machen, wie z. B. für einen Artikel des „Neuen Wiener Tagblatt" vom 30. November 1894, dessen Verfasser mir unbekannt ist und wahrscheinlich meine Schwelle niemals überschritten hat. Da mir nun sogar eine Aeußerung meines geehrten Freundes Ernst v. Plener zu Ohren kam, es sei doch nicht recht von mir, der immer zur Wahrheit gestanden, daß ich jetzt falsche Darstellungen begünstige, so hieß ich das Anerbieten der „Neuen Freien Presse" willkommen und habe für sie die drei Artikel geschrieben, die meinen Fall klarlegen und meine Wünsche zur Hebung schwerer Mißstände aussprechen. Für das, was ich in ihnen gesagt, stehe ich mit meiner Ehre ein, für alles, was andere geschrieben, übernehme ich keinerlei Bürgschaft.

Indes kann ich doch nicht anders, als meinem Staunen über das Ausdruck geben, was eine, wie es scheint, offiziöse Feder im Leitartikel des „Neuen Wiener Tagblatt" am 1. Dezember 1894 geleistet hat[1]). Sie hat nicht bloß mein Verhalten und seine Motive unter der Maske der Schonung in schmählichster Weise herabgewürdigt, sondern auch der Regierung ein Verhalten zugeschrieben, das ebenso unwahr ist, als es, wenn es wahr wäre, ihr zur Schande gereichen müßte. Was hier einigermaßen entschuldigt, ist nur der gröbliche Unverstand, der insbesondere auch darin zu Tage tritt, daß der Einsender des Artikels als „Wiener Gemütlichkeit" zu bezeichnen wagt, was besser durch die Ausdrücke „Feigheit, Verstellung, Betrug" gebrandmarkt werden würde. Wenn das

---

[1]) Inzwischen wurde mir von einem Journalisten die bestimmteste Versicherung gegeben, dieser Artikel sei direkt aus dem Unterrichtsministerium in die Redaktion des „Neuen Wiener Tagblatt" gelangt.

die Wiener Gemütlichkeit wäre, so würde es wahrlich nicht gemütlich sein, bei den Wienern zu hausen.

Das „Vaterland" berührt meinen ersten Artikel nur mit wenigen Worten. Es müsse, sagt es, ihn unerörtert lassen, weil es nicht in der Lage sei, seine Angaben irgendwie zu kontrollieren. Wenn meine Angaben nicht richtig wären, ich glaube, das regierungsfreundliche Organ würde gar bald in die Lage versetzt worden sein, diese Kontrolle in genügender Weise zu üben.

Das „Vaterland" wendet sich also sofort zum zweiten Artikel, um dann sogar ausschließlich bei ihm zu verweilen. Dabei begegnet es ihm nun, daß es — gerne nehme ich an, aus bloßem Versehen — gleich in der ersten Zeile den Inhalt und die Tendenz meines Artikels ganz falsch charakterisiert. Es sagt, daß ich in ihm meine sogenannte Ehe behandle. Von meiner Ehe aber rede ich mit keinem Wort. Wer könnte auch ihre staatliche Gültigkeit mit Bezug auf Bestimmungen des österreichischen Eherechtes anfechten oder verteidigen wollen, da ich als sächsischer Staatsbürger sie geschlossen habe und bis heute kein Unterthan Oesterreichs bin? Nicht also pro domo, sondern pro salute publica habe ich gesprochen. Auch muß ich mich dagegen verwahren, daß meine Ehe, für deren zweifellose Gültigkeit ich durch schwere Opfer die volle Garantie erkauft habe, als eine bloß „sogenannte Ehe" verdächtigt werde.

Doch nun zu den allgemein wissenschaftlichen Erörterungen des „Vaterland". Ich habe in dem betreffenden Artikel in Uebereinstimmung mit Glaser und Unger zu zeigen gesucht, daß das österreichische Zivilrecht schon heute insoweit reformiert ist, als es dem ausgetretenen Geistlichen den Abschluß eines Ehevertrages erlaubt. Das „Vaterland" unternimmt es, mich zu widerlegen. Es leugnet nicht, daß die beiden genannten juristischen Autoritäten auf meiner Seite stehen. Aber diese erscheinen ihm von gar keinem Gewicht, wo, wie es sagt, in Entscheidungen des Obersten Gerichtshofes „authentische Interpretationen" im entgegengesetzten Sinne vorliegen. „Authentische Interpretationen?" d. h. doch wohl solche, welche allen Zweifel ausschließen. In der That macht das „Vaterland" in diesem Sinne von ihnen Gebrauch. In Wahrheit ist durch Entscheidungen des Obersten Gerichtshofes eine allgemeine Rechtsfrage so wenig zum Abschlusse gebracht, daß es auch nach wiederholten oberstrichterlichen Entscheidungen dem einfachsten Landesgerichte gesetzlich zusteht, bezw. zur Pflicht gemacht wird, ein ihnen entgegengesetztes Urteil zu fällen. Was ich von einer Selbstberichtigung des Obersten Gerichtshofes nach zwanzigjährig konstanter irriger Praxis erzählt habe, wird darum auch im Artikel des „Vaterland" wohlweislich verschwiegen.

Ebenso hält das „Vaterland" für gut, einen großen und vielleicht gerade den gemeinverständlichsten Teil meiner Ausführungen zu unterdrücken. Da wird kein Wort davon erwähnt, daß ich, an ein vom Obersten Gerichtshofe gutgeheißenes Prinzip appellierend, gezeigt habe, wie nach der von Glaser und Unger vertretenen Ansicht das Gesetz, um dessen Anwendung es sich handelt, recht wohl dazu dient, die öffentliche Ordnung zu schützen, während es nach der entgegengesetzten Auffassung sie wesentlich gefährdet.

Den Teil meiner Erörterungen aber, auf den das

„Vaterland" einzig und allein eingeht, gibt es in einer Weise wieder, die manchem Leser, der mich aus meinen Vorlesungen oder aus meinen Schriften kennt, den Gedanken einer Entstellung nahelegen möchte. Meine Beweisführung erscheint hier in Wahrheit als ein Non plus ultra der Absurdität. Immerhin nehme ich zur Ehre des „Vaterland" an, daß keine Böswilligkeit, sondern nur Mißverständnis obwaltet. Und ich will den Verdacht einer Unredlichkeit auch dann nicht hegen, wenn ich bemerke, wie das „Vaterland" auch hier wieder, nicht bloß mißverständig, sondern auch unvollständig referiert, und gerade das alles wegläßt, was am geeignetsten ist, meinen Gedanken gemeinfaßlich und vollkommen anschaulich zu machen. Von allem, was ich an illustrativen Beispielen geboten habe, wird als von etwas „durchaus Irrelevantem und gar nicht zur Sache Gehörigem" Umgang genommen. Und doch wäre es gewiß höchst interessant und dankenswert gewesen, wenn das „Vaterland" es vermocht hätte, die Rittnersche Interpretationsweise hier gegen den Vorwurf zu schützen, daß sie sich selbst ad absurdum führe. Ich will nur einen der angeführten Kasus in Erinnerung bringen. Nehmen wir an, ein Staat verpflichte unter schweren Strafen seine christlichen Unterthanen zur Osterbeichte. Es wäre hiedurch ein kirchliches Gesetz recipiert. Darauf gestatte er den Austritt aus der Kirche, ja die Rückkehr zum Heidentum, und etliche kehrten nun wirklich zurück; natürlich nur nach staatlicher Auffassung, denn nach kirchlicher ist solche Rückkehr unmöglich. Diese nach staatlicher Auffassung zum Heidentum zurückgekehrten Unterthanen würden nach Rittner deshalb, weil die Kirche im Gegensatze zum Staate einen Austritt aus ihrem Unterthanenverbande für unmöglich hält, in den Augen des Staates zwar wahrhaft ausgetreten, ja von jeder Verpflichtung zum Gehorsam gegen die Kirche frei, aber doch noch staatlich verpflichtet sein, alsösterlich dem katholischen Priester ihre Sünden zu bekennen. Wem die Augen hier nicht aufgehen, dem ist, denke ich, überhaupt der Star nicht mehr zu stechen.

Der Fehler der Rittner'schen Argumentation liegt darin, daß sie verkennt, wie zwei Personen, die gemeinsam an einem allgemeinen Satz festhalten, aber in andern Beziehungen wesentlich verschiedene Ansichten hegen, bezüglich seiner Anwendbarkeit auf einzelne Fälle unter Umständen notwendig auseinander gehen. Wenn man sagt, dies sei unmöglich, da, wo der Inhalt, auch der Umfang der Begriffe derselbe sei, so ist dies ein Paralogismus. Wenn z. B. zwei Aerzte darin einig sind, daß jeder Lungenkranke so und so behandelt werden müsse, so ist ihr allgemeines Urteil wie nach Inhalt, so nach Umfang identisch. Nun gilt aber dem einen eine Person als lungenkrank, dem andern nicht. Also werden sie dennoch in der Art differieren, daß der eine den vorliegenden Fall dem allgemeinen Satze subsumiert, der andere dagegen glaubt, daß er nicht ihm untergeordnet werden dürfe.

Ich unterlasse es, diesen Paralogismus nochmals in Rittners eigenster Argumentation aufzuweisen. Ich glaube, es wird für einen Leser des „Vaterland", wenn er auch unsere Aufsätze berücksichtigt, interessanter und belehrender sein, wenn er sieht, wie eine der katholischen Koryphäen österreichischer Rechtswissenschaft, der auch vom „Vaterland" selbst hochgehaltene Dr. Friedrich Maaßen, die Frage erörtert. Wenn das „Vaterland" sich darüber wunderte, daß ich „mit soviel Zuversicht und Selbstbewußtsein" mein logisches Gewebe zusammenfügte, wie wird es nicht staunen, wenn es wahrnimmt, daß Professor Maaßen nicht bloß wesentlich ebenso logisch verfährt, sondern auch ebenso energisch oder vielmehr in ungleich kräftigerem Ausdruck die bestehende Praxis als unvernünftig verurteilt.

Hören wir den Gelehrten selbst!

In dem ausgezeichneten, am 14. Januar 1878 in der Wiener Juristischen Gesellschaft gehaltenen Vortrag: Unser Eherecht und das Staatsgrundgesetz von Dr. Friedrich Maaßen (Graz, Verlag von Leuschner & Lubensky, S. 11 ff.), heißt es mit Bezug auf die Ehehindernisse der höheren Weihen und des feierlichen Gelübdes der Ehelosigkeit also: „Hier ist nun aus innern Gründen sofort Eines klar: Wenn der Geistliche der höheren Weihen oder die Ordensperson in rechtsgültiger Weise entweder erklärt hat, keiner anerkannten Konfession angehören zu wollen, oder zu einer solchen Konfession übergetreten ist, welche keine Pflicht der Ehelosigkeit für ihn anerkennt, so ist auch für den Staat jeder Grund, das Ehehindernis bestehen zu lassen, hinweggefallen. Denn der Grund für die Aufstellung des Hindernisses ist doch kein anderer als der gewesen, daß dem Gesetze der Kirche auch staatliche Geltung gesichert sei. Allerdings erlischt nach dem Gesetze der Kirche das Hindernis der Weihe und der solennen Gelübde (ich sehe von dem Falle der Dispensation hier ab) erst mit dem Tode der Person, nicht auch mit ihrem Austritte aus der Kirche. Aber dies doch nur deshalb, weil es nach den Grundsätzen des Kirchenrechts einen Austritt aus der Kirche gar nicht gibt. Gäbe es einen solchen, so würde auch das Kirchenrecht mit ihm die Pflicht des Cölibats aufhören lassen müssen; denn der Austritt würde ja mit dem Aufhören jeder die Person verpflichtenden Gewalt der Kirche gleichbedeutend sein.

„Nun wohl, wenn auch die Kirche für ihre Glieder ein Recht des Austrittes aus ihrem Verbande nicht gelten läßt, so erkennt doch der Staat ihnen dieses Recht zu. Wenn aber dem so ist, dann ist auch gewiß, daß, soweit es sich um den Staat handelt, alle Pflichten des Austretenden erlöschen müssen, die eben nur unter der Voraussetzung seiner Angehörigkeit an die Kirche bestehen konnten.

„Ich gestehe Ihnen aufrichtig, meine Herren, daß es mich einige Ueberwindung gekostet hat, Ihnen dies zu deduzieren. Es gibt Dinge, die so unmittelbar einleuchtend sind, daß es fast unhöflich erscheint, wenn man es unternimmt, sie andern erst begreiflich zu machen. Sie wissen aber so gut wie ich, meine Herren, daß die Ansicht des Verhältnisses, die ich soeben die Ehre hatte, Ihnen zu entwickeln, keineswegs allgemein geteilt wird. Sie wissen, daß nach einer verbreiteten Meinung das bürgerliche Ehehindernis der Weihe und des Gelübdes auch mit dem Austritte des Priesters oder Mönches aus der Kirche nicht erlöschen soll." (Ein nun folgender Passus dürfte auf Rittner keine Anwendung finden. Ich wenigstens möchte diesem Rechtsgelehrten nicht nachsagen, daß „der Artikel 4 des Gesetzes über die interkonfessionellen Verhältnisse vom 25. Mai 1868, welcher jedem Mündigen die freie Wahl des Religionsbekenntnisses gestattet", für ihn „gar nicht vorhanden sei".) „Uebrigens", fährt Maassen dann fort, „bin ich — und zwar im Widerspruche mit der herrschenden Praxis" (man sieht, die „authentischen Interpretationen" des „Vaterland" sind ihm nicht entscheidend) — „keinen Augenblick im Zweifel, daß es sich hier nicht um eine erst zu bewirkende Aenderung des Gesetzes handelt, sondern daß das abändernde Gesetz schon existiert. Wenn der Artikel 5 des angeführten Gesetzes über die interkonfessionellen Verhältnisse verfügt, daß durch die Religionsveränderung alle genossenschaftlichen Rechte der verlassenen Kirche oder Religionsgesellschaft gegenüber dem Ausgetretenen verloren gehen, so findet das auf unsern Fall direkte Anwendung. Aus welchem Grunde denn soll nach dem Austritte des Klerikers oder der Ordensperson ihre Unfähigkeit zur Schließung einer Ehe noch fortbestehen? Der Staat hat sicher kein Interesse [1]; auch der Ausgetretene nicht; denn selbst, wenn er im ehelosen Zustande bleiben will, so würde er daran ja nicht gehindert sein; es würde also nur die Kirche sein können, welche den Anspruch erhöbe, daß ihr Gesetz auch auf den Ausgetretenen Anwendung finde. Nach dem angeführten Artikel sollen aber alle Rechte der verlassenen Kirche gegenüber dem Ausgetretenen erloschen sein."

Soviel dürfte zur Verteidigung meiner eherechtlichen Ausführungen gegenüber der Kritik des „Vaterland" genügen.

---

[1] Das erkennt auch das „Vaterland" an, vgl. oben S. 46.

Wenn es mich im öffentlichen Interesse betrübte, zu sehen, wie schwer sich Voreingenommenheit und vermeinter Parteivorteil belehren lassen, so hat es mir im eigensten Interesse und in dem von mir hochverehrter Männer wehe gethan, wenn ich bemerkte, wie man aus einer, genau betrachtet, nicht mißzuverstehenden Stelle meines ersten Artikels herauslesen wollte, daß ich die philosophischen Bestrebungen Oesterreichs vor meiner Berufung herabwürdigen wolle. Der Vorwurf wäre für mich um so entehrender, als unter den, wie man meint, als ein „Nichts" bezeichneten Forschern einerseits Kollegen, andererseits ein Mann sich finden würde, der, von Lotze auf mich aufmerksam gemacht, bei Stremayr meine Berufung anregte. Es war dies mein unmittelbarer Vorgänger auf dem Katheder, Professor Lott. Ich habe ihn persönlich nicht gekannt und von seinen Lehren sehr wenig Einsicht genommen. Sind doch von ihm nur wenige Blätter veröffentlicht. Diese aber zeigen ihn als einen feinen kritischen Kopf, der in der Moral namentlich an seinem Lehrer Herbart die treffendste Kritik übte. Und so wird er mir auch von seinen Bekannten als ein tüchtiger, wie an Charakter, so an Verstand hervorragender Mann geschildert. Leider hat ihn in den letzten Jahren seine Kränklichkeit vielfach behindert. Weder den Lehrstuhl vermochte er genügend zu verwalten noch seine schriftstellerischen Arbeiten zur Veröffentlichung fertigzustellen. Unter solchen Umständen ist es mir, wie gesagt, nur durch ein Mißverständnis begreiflich, wie man eine Stelle meines ersten Artikels, wo ich konstatiere, daß, als ich berufen wurde, nur eine Herbartsche Lehre, aber keine

Herbartsche Schule und darum überhaupt keine Schule zu Wien bestanden habe, als eine Verkennung der Vorzüge Lotts deuten konnte. Und auch auf mangelnde Geistesgaben anderer, die damals wirkten, führe ich es nicht zurück, daß die Herbartsche Philosophie aufgehört hatte, in Wien eigentliche Schüler zu bilden. Deutlich erkläre ich dies vielmehr aus der Zeitlage. „Die Stunde für sie", heißt es, „war eben schon vorüber." Wie ich übrigens über den Herbartianismus denke, und wie wenig ich dieses Uebergangssystem zu den „pomphaft aufgebauschten Lehrsystemen" rechne, von denen ich im ersten Artikel sprach, und die Herbart in ihrer Hohlheit vollkommen durchschaute, das dürfte eine Stelle meines dritten Artikels genugsam gezeigt haben.

Noch anderes wurde ungerecht, und dies gewiß in gehässigster Absicht, gegen mich vorgebracht; unter anderm sogar der Umstand, daß sich in der Zeit meiner Gymnasialstudien ein um ein Jahr älterer Kamerad durch meinen Einfluß hat bestimmen lassen, vom Judentum zum Katholizismus überzutreten[1]). Die Sache war in Kürze folgende: In seiner Liebe und seinem Vertrauen zu mir, fragte mich mein Freund (man sieht, an Antisemitismus habe ich auch damals nicht gelitten), ob ich von der Wahrheit der katholischen Kirche vollkommen überzeugt sei. Natürlich bejahte ich, einer gut katholischen Familie entstammt und strenggläubig erzogen, diese Frage. „So bin", sagte er,

---

[1]) Zuerst von bayerischen Blättern klerikaler Färbung hervorgehoben, wurde diese Thatsache dann auch in dem offiziösen Wiener „Fremdenblatt" zur Sprache gebracht.

„auch ich überzeugt." Und in der That wurde ihm dies der Anlaß, sich mit Geistlichen in Beziehung zu setzen und zur Kirche zu wenden. Eine Zeitlang infolge davon von seiner Familie verstoßen, hat er doch seinerseits nie aufgehört, liebevoll an Eltern und Geschwistern zu hängen, wie er denn auch sein ganzes Vermögen großmütig diesen überließ. Und schließlich ist ihm auch die Freude einer vollen Versöhnung nicht versagt geblieben. Ich verstehe nun wirklich nicht, wie der Anteil, den ich als 16- bis 17jähriger Jüngling an diesem Ereignisse hatte, irgendwie zu meinem spätern Auftreten in Beziehung gebracht werden kann. Man hat Döllinger vorgeworfen, daß er, was er als schon reifer Mann verteidigt, später bekämpft habe. Will man vielleicht mir es zum Vorwurf machen, daß ich die in den Kindergebeten und im Unterrichte des Hofmeisters aufgenommenen Ansichten später revidierte? Dann muß man es auch Saulus übelnehmen, daß er, in der Pharisäer Lehre erwachsen, als Christ und Apostel endigte.

3.
Brentano gegen Brentano.
(„Das Vaterland", Zeitung für die österreichische Monarchie. Sonntag den 16. Dezember 1894.)

Wien, 15. Dezember.

Herr Dr. Brentano gibt heute in der „Neuen Freien Presse" eine Erwiderung auf unsern Artikel „Zum Falle

Brentano", die — keine Erwiderung ist. Der vierte, ebenso langwierige als — langweilige Artikel des Regenerators der Philosophie in Oesterreich bringt nämlich nicht den Schatten eines Beweises, daß der österreichische Staat die abgefallenen Geistlichen nicht mehr als Geistliche betrachtet, sondern fügt nur den Privatansichten Ungers und Glasers die Privatansicht Maassens hinzu. Da also der Artikel Dr. Brentanos auf die gegen ihn vorgebrachten Argumente in keiner Weise reagiert, so müssen wir die Diskussion über das eigentliche punctum saliens für geschlossen erklären, können aber nicht umhin, nunmehr ein Moment hervorzukehren, das wir bisher gänzlich beiseite gelassen haben, zu dessen Behandlung wir uns aber durch des Gegners Verfahren provoziert fühlen: es ist das persönliche Moment, die argumentatio ad hominem.

Dr. Brentano ist der Ansicht, ja, wie aus seinen Ausführungen hervorgeht, der festen Ueberzeugung, daß er nach österreichischem Rechte eine staatlich anerkannte Ehe eingehen konnte. Warum hat er dieser seiner Ueberzeugung nicht seiner Zeit praktischen Ausdruck gegeben? Er hatte die katholische Religion und das katholische Priestertum, soweit an ihm lag, von sich geworfen mit einem Mute, der Schauder erregt; er war zum Aergernis vieler Katholiken an der ersten stiftungsmäßig katholischen Universität Oesterreichs zum Professor ernannt worden. Er wollte eine eheliche Verbindung; statt nun diese nach seiner Ueberzeugung doch vollkommen rechtmäßige Verbindung in Oesterreich. nach dem österreichischen Rechte einzugehen, begab er sich nach Sachsen, um dort ziviliter getraut zu werden. Warum that er dies? Doch einzig und allein darum, weil er damals einsah, daß ihm in Oesterreich § 63 A.B.G. entgegenstand, und daß die Gerichte durchaus nicht geneigt waren, ihm zuliebe dem § 63 eine gewaltsame Interpretation angedeihen zu lassen; Dr. Brentano hat also theoretisch anerkannt, daß der österreichische Staat keineswegs die abgefallenen Geistlichen nicht als Geistliche betrachtet. War er damals wirklich überzeugt, daß er nach dem österreichischen Gesetze berechtigt war, eine Ehe zu schließen, so mußte er ohne weiteres seine Verbindung mit der Auserkorenen seines Herzens vor dem Bürgermeister eingehen, im Notfalle ein Judikat eines Obersten Gerichtshofes provozieren, gegen eine etwaige Verfügung des Ministeriums protestieren, in seiner Professur bis zu seiner eventuellen Absetzung verharren und schließlich bloß der Gewalt weichen. Durch ein solches Verhalten wäre er gewissermaßen subjektiv gerechtfertigt; aber um eines Weibes willen seine Staatsbürgerschaft in den Wind schlagen, seine Professur opfern — und nach einigen Jahren die beiden letzteren wieder zurückhaben wollen, und zu diesem Ende dem österreichischen Eherechte eine Deutung geben, die er früher praktisch selbst als unzulässig erkannt hat — das macht den Mann vollends zu einer, sagen wir, nicht ernsten Figur, wenn dies auch nicht schon seine drei schülerhaften Artikel in der „Neuen Freien Presse" gethan hätten.

4.

Vom Regen in die Traufe.

Zweite und letzte Replik auf Angriffe des „Vaterland".

Von Franz Brentano.

(„Neue Freie Presse", Dienstag den 18. Dezember 1894, Abendblatt.)

Das „Vaterland", in einem zweiten, unter dem 16. Dezember gegen mich gerichteten Artikel, hat gezeigt, daß es zu denen gehört, die alles zweimal beantwortet haben wollen, während sie nicht wert sind, daß man ihnen auch nur einmal Antwort gibt. Da ich nun aber doch schon zu liebenswürdig gewesen bin, so will ich auch seinen Wunsch nach wiederholter Antwort nicht unerfüllt lassen.

Das „Vaterland" fragt mich, warum ich, überzeugt, nach österreichischem Gesetze heiraten zu dürfen, meine Ehe als Sachse geschlossen habe. Darüber gab mein erster Artikel Aufschluß. Ich füge hinzu, daß ich auf Glasers Anregung den Schritt gethan. Und dieser gab den Rat, nicht weil ihm der wahre Sinn des Gesetzes, wohl aber, weil ihm die richtige Entscheidung der inappellabeln Behörde zweifelhaft erschien. In der That waren ja ungünstige Judikate bereits vorhanden.

Das „Vaterland" fragt mich weiter, wodurch ich beweise, daß der österreichische Staat den legal ausgetretenen Geistlichen nicht mehr als Geistlichen betrachte. Darüber gab mein zweiter Artikel Aufschluß. In ihm weise ich darauf hin, daß der österreichische Staat den ausgetretenen Geistlichen eventuell nicht einmal mehr als Christen betrachtet, um so weniger also ihn als Geistlichen ansehen kann, da ja in dem Begriffe des Geistlichen der des Christen wesentlich enthalten ist. Oder leugnet das „Vaterland" vielleicht auch dies, daß der Staat den aus dem Christentum Ausgetretenen nicht mehr als Christen ansehe? — Unmöglich! Denn 1. ist dies durch das Gesetz direkt ausgesprochen; 2. könnte sonst durch den Austritt aus dem Christentum das Impedimentum der Disparitas cultus zwischen Christen und Nichtchristen nicht behoben werden.

Indem das österreichische Gesetz den austretenden Christen aufhören läßt, vor dem Staate als Christ zu gelten, zeigt es, daß es um die kirchlicherseits gelehrte Unauslöschlichkeit des Taufcharakters sich nicht kümmert. Somit ergibt sich aber noch weiterhin, daß es sich auch um die Unauslöschlichkeit des Charakters der Weihen nicht kümmere, 1. durch Analogie, 2. durch Deduktion. Das letztere darum, weil der Taufcharakter die notwendige Voraussetzung jedes andern unauslöschlichen Charakters, des Charakters der Weihen nicht minder als des Charakters der Firmung ist.

Das „Vaterland" scheint der Meinung, der Staat müsse in den Begriff des Geistlichen alle und jede Eigenheit aufnehmen, welche durch irgend welches kirchliche Dogma sich daran knüpfen soll. So denn insbesondere auch die, daß der Charakter der Weihe unauslöschlich sei. Dies ist durchaus falsch; Propria sind keine spezifischen Differenzen. Wäre es aber richtig, was würde mit Rücksicht auf das Gesetz vom 25. Mai 1868, Artikel 4, daraus folgen? — Nicht etwa, wie das „Vaterland" meint, daß auch der ausgetretene Geistliche dem Impedimentum ordinis staatlich unterworfen bliebe, sondern umgekehrt, daß nach den heute bestehenden Gesetzen kein Geistlicher, selbst vor dem Austritte, und somit überhaupt niemand mehr staatlicherseits ihm unterläge, also der § 63 A.B.G. praktisch annulliert wäre. Denn da der Staat jedem zur Kirche Gehörigen den Austritt aus ihr und aus dem Christentum anerkanntermaßen gestattet und dadurch, wie wir nachgewiesen, zeigt, daß er keinerlei sakramentalen Charakter, nicht einmal den der Taufe, für unauslöschlich hält, so würde es bei so gefaßter Definition in seinen Augen einen Geistlichen der höheren Weihen im kirchlichen Sinne gar nicht mehr geben, und das von der Kirche recipierte Ehehindernis wäre darum vom Standpunkte des Staates ohne jede Anwendbarkeit. In der That scheint dies die Ansicht von Hofrat Maaßen in der erwähnten hoch=interessanten Abhandlung zu sein. (Unser Eherecht und die Staatsgrundgesetze, S. 11—16.) Das „Vaterland" käme aber so offenbar vom Regen in die Traufe[1]).

---

[1]) Der Behauptung, daß der österreichische Staat den aus Kirche und Christentum ausgetretenen Priester nach wie vor als Geistlichen betrachte, begegnen wir bei Laurin (Hofkaplan und Universitätsprofessor in Wien) in seiner Schrift: Der Cölibat der Geistlichen (1880). Als Beweis für diese absurde These macht Laurin (a. a. O. S. 217) geltend, daß der österreichische Staat einen solchen Priester, sobald er, zur Kirche zurückgekehrt, von ihr wieder angestellt werde, auch seinerseits, als Kaplan, Pfarrer u. s. w., anerkenne, ohne eine Erneuerung der Weihen zu fordern. Denn diese, meint er, müßte er folgerichtig verlangen, wenn er den Priester durch jenen Austritt seines geistlichen Charakters für entblößt erachtete.

Gewiß ist es das Zeichen einer ganz verzweifelten Sache, wenn ein ernster Forscher sich entschließt, sie mit einem solchen Argumente zu verteidigen. Denn vor allem 1. wie könnte es dem Staat einfallen, etwas zu fordern, was die Kirche (Laurin selbst hebt es hervor) schlechterdings nicht zu gewähren im stande wäre? Wie thöricht aber wäre der Staat, wenn er daraufhin die Wiederanstellung eines reuigen Apostaten als Kaplan oder Pfarrer überhaupt nicht mehr zulassen wollte. 2. dürfte Laurin selbst nicht so weit gehen, zu behaupten, daß auch die Staaten mit protestantischen Fürsten und überwiegend protestantischer Bevölkerung, wie z. B. Preußen einer ist, den Glauben an den unauslöschlichen Charakter gewisser Weihen teilten. Aber sieh da! wie Oesterreich verfährt, so verfährt in dem betreffenden Falle auch das protestantische preußische Königreich. Endlich 3., wenn überhaupt, so würde Laurins Beweisführung auch hinsichtlich der Taufe anwendbar sein. Der österreichische Staat dürfte also jemanden, der nach der Taufe vom Christentum abgefallen und dann wieder zu ihm zurückgekehrt wäre, nicht anders als unter der unmöglichen Bedingung, daß er sich wieder taufen ließe, mit andern Worten, er dürfte ihn überhaupt nie wieder als Christen gelten lassen. Sollte hier nicht das Prinzip: „qui nimium probat, nil probat" bei nochmaliger Erwägung Laurin selbst von seinem Fehlversuche überzeugen?

Indes glaube ich entschieden, daß Laurin sich durch seine sorgfältige Zusammenstellung alles dessen, was etwa gegen das Aufhören des staatlichen Ehehindernisses vorgebracht werden könnte, ein wahres Verdienst erworben hat. Nichts kann belehrender sein, als wenn man sieht, wie völlig es ihm an irgendwelchem scheinbaren Argumente mangelt. Einen seiner Gründe haben wir eben kennen gelernt. Die Bedeutung eines andern, die der Berufung auf Judikate des Obersten Gerichtshofes (ebend. S. 218), ist schon früher von uns gewürdigt worden. Außerdem aber weiß Laurin nicht mehr als folgende drei Momente geltend zu machen:

1. Daraus, daß im Gesetz vom 25. Mai 1868 Art. 7 drei Bestimmungen des A.B.G. ausdrücklich aufgehoben werden, soll hervorgehen, daß dieses Gesetz die übrigen Bestimmungen des A.B.G. in Wirksamkeit belassen wollte (a.a.O. S. 217 f.). — Es ist leicht ersichtlich, daß dies nicht die geringste Wahrscheinlichkeit für sich hat, und die ausgezeichnetsten Rechtslehrer, wie z. B. Randa (Das Eigentumsrecht, 2. Aufl. 1893), wo er von der Dispositions- und Erwerbsfähigkeit

der aus der Kirche ausgetretenen Ordensperson handelt, haben un=
bedenklich das Gegenteil angenommen. Ja das Gesetz selbst enthält
im Art. 16 geradezu die folgende „Schlußbestimmung": „**Alle
diesen Vorschriften widerstreitenden Bestimmungen der
bisherigen Gesetze und Verordnungen, auf welcher Grund=
lage sie beruhen, und in welcher Form sie erlassen sein mögen,
ebenso wie allfällige entgegenstehende Gepflogenheiten sind, auch
insoferne sie hier nicht ausdrücklich aufgehoben wurden,
fernerhin nicht mehr zur Anwendung zu bringen.**"

2. Die Absicht der österreichischen Staatsgewalt bei Erlassung
des Hofkanzleidekrets vom 27. Mai 1840 soll uns über ihre Absicht
bei der Gesetzgebung vom 25. Mai 1868 aufklären (a. a. O. S. 218).
— Wer aber vermöchte Laurin bei einem solchen Sprunge über
ein Vierteljahrhundert hinweg zu folgen, ohne den Absichten der
österreichischen Staatsgewalt eine Art göttlicher Unwandelbarkeit zu=
zuschreiben? Um sich über den Geist der achtundsechziger Gesetze
wahrhaft zu unterrichten, möge man vielmehr auf die zugehörigen
Debatten achten. Reden, wie die von Miklosich und Rokitansky,
geben alle nur wünschenswerte Klarheit.

3. Endlich soll die im Jahre 1877 erfolgte Ablehnung des
Hasnerschen Antrags auf ausdrückliche Erklärung, daß der § 63
den Geistlichen und die Ordensperson nach dem Austritt aus der
Kirche nicht binde, den Beweis liefern, daß das Gegenteil der Fall
sei (a. a. O. S. 218 f.). — Dagegen ist es notorisch, daß viele von
denen, die damals im Herrenhaus gegen den Antrag stimmten (auch
Jgn. v. Plener z. B. gehörte zu ihnen) ganz so wie Hasner
selbst der Ansicht waren, daß es sich hier um nichts anderes als
darum handle, etwas, was schon implicite in den Gesetzen ent=
halten sei, ausdrücklich zu erklären. Wenn sie den Antrag zurück=
wiesen, so geschah es ausgesprochenermaßen deshalb, weil sie
als Folge derartiger Nachbesserungen im einzelnen die abermalige
Verzögerung einer von ihnen als dringlich empfohlenen Gesamt=
reform des Eherechts befürchteten.

Hiermit ist nun aber Laurins gesamter Munitionsvorrat er=
schöpft. Und bei solcher Lage sollte der Sieg noch zweifelhaft sein? —
Unmöglich!

Beilage II.

Ueber eine vermeintliche Analogie zu Gunsten der Rittnerschen Beweisführung.

Das „Vaterland" hat seinen Artikel „Zum Falle Brentano" mit folgender Bemerkung geschlossen: „Wir wollen nur noch auf eine Analogie in der österreichischen Gesetzgebung hinweisen. § 111 A.B.G. lautet: ‚Das Band einer gültigen Ehe kann zwischen katholischen Personen nur durch den Tod des einen Ehegatten getrennt werden. Ebenso unauflöslich ist das Band der Ehe, wenn auch nur ein Teil schon zur Zeit der geschlossenen Ehe der katholischen Religion zugethan war.' Auch dieser Paragraph ist aus der katholischen Glaubenslehre und dem katholischen Kirchenrechte ohne Einschränkung recipiert, und liegen in diesem Sinne viele Judikate der österreichischen Gerichte vor."

Diese Stelle ist in meiner Erwiderung vom 15. Dezember unberücksichtigt geblieben. Sie erschien mir zu unbedeutend, um jemandem einen tieferen Eindruck zu machen. Auch habe, glaubte ich, Rittner selbst aus diesem Grunde sich nicht auf eine solche Analogie berufen. Inzwischen fand ich nun doch manche, die von dem Argument günstiger dachten, und daraufhin habe ich die angebliche Analogie etwas genauer untersucht. Das Ergebnis war, daß ich nun selbst anfing, ihr eine größere Bedeutung zuzuerkennen; aber freilich in einem geradezu entgegengesetzten Sinne. Gerade bei dem Paragraphen, auf welchen das „Vaterland" hier verweist, zeigt es sich nämlich recht anschaulich, wie der Staat ein kirchliches Gesetz nach Inhalt und Umfang recipiert haben kann und trotzdem vielleicht im Urteil über seine Anwendbarkeit auf den einzelnen Fall von ihr abweichen muß.

Ich will dies in Kürze erläutern.

Das Kirchenrecht erklärt die von Katholiken mit christlichen Personen gültig geschlossenen Ehen für unauflöslich. Das österreichische Gesetz hat diesen Satz recipiert. Aber das Kirchenrecht enthält dann weiter noch Bestimmungen über das, was zur Gültigkeit des Eheschlusses gehöre, die der österreichische Staat nicht ausnahmslos anerkennt. Während die Kirche seit dem Tridentinum die Anwesenheit des parochus proprius zur Bedingung macht, erklärt das österreichische Zivilrecht dieselbe für entbehrlich [1]).

---

[1]) Gesetz vom 25. Mai 1868 Nr. 47 R.G.B. Art. 2: „Wenn einer der nach den Vorschriften des A.B.G. zum Aufgebote der Ehe berufenen Seelsorger die Vornahme des Aufgebotes oder einer von den zur Entgegennahme der feierlichen Erklärung der Einwilligung berufenen Seelsorgern, welcher von den Brautleuten deshalb angegangen wurde, die Vornahme des Aufgebotes oder die

Da ist es denn von Interesse, darauf zu achten, wie das österreichische Recht über die Unauflöslichkeit solcher, zwar nach ihm, nicht aber ebenso nach dem Kirchenrechte gültiger Ehen urteilt. Nach der Rittnerschen Argumentationsweise müßte das österreichische Recht, weil das Gesetz aus dem Kirchenrecht übernommen, und somit nach Umfang wie Inhalt mit dem betreffenden kirchlichen Gesetz identisch ist, einerseits alle nach dem Kirchenrechte gültigen Eheschlüsse einbeziehen, andererseits alle nach dem Kirchenrechte ungültigen Eheschlüsse als nicht darunter begriffen ansehen. Aber sieh da! es thut dies nicht, indem es vielmehr alle in seinen eigenen Augen gültigen Eheschlüsse katholischer Personen der Bestimmung der Unauflöslichkeit unterwirft. Und so zeigt denn der österreichische Staat hier aufs klarste, daß seiner Gesetzgebung eine Logik wie die des Rittnerschen Paralogismus durchaus fremd ist.

Was die Analogie dieses Falles mit dem von uns erörterten Gesetz über die Unfähigkeit von Geistlichen höherer Weihen, eine Ehe einzugehen, noch vollkommener macht, ist der Umstand, daß die eben bemerkte Differenz hinsichtlich der Unauflöslichkeit katholischer Ehen, ganz so, wie die von uns bezüglich der Geistlichen höherer Weihen nachgewiesene, bei der Reception des kirchlichen

---

Entgegennahme der feierlichen Erklärung der Einwilligung zur Ehe aus einem durch die Gesetzgebung des Staates nicht anerkannten Hinderungsgrunde verweigert, so steht es den Brautleuten frei, das Aufgebot ihrer Ehe durch die weltliche Behörde zu veranlassen und die feierliche Erklärung der Einwilligung zur Ehe vor dieser Behörde abzugeben."

Gesetzes durch den österreichischen Staat zunächst nicht vorhanden war, sondern erst infolge der interkonfessionellen Gesetze des Jahres 1868 eingetreten ist. Denn das A.B.G. § 77 enthält folgende, dem Tridentinum genau angepaßte Bestimmung: „Wenn eine katholische und eine nichtkatholische Person sich verehelichen, so muß die Einwilligung vor dem katholischen Pfarrer in Gegenwart zweier Zeugen erklärt werden." Erst das Gesetz vom 31. Dezember 1868 erklärte diesen § 77 für aufgehoben und ersetzte ihn durch eine Anordnung, nach welcher eventuell die politische Behörde für den katholischen Pfarrer suppliert. (Gesetz vom 31. Dezember 1868, Art. 2, Reichsgesetzblatt für 1869 Nr. 4, im Einklang mit dem oben citierten Gesetz vom 25. Mai 1868.)

Ergibt sich hieraus zunächst, daß der österreichische Staat heutzutage gewisse Verbindungen als unauflösliche Ehen betrachtet, welche in den Augen der Kirche keine unauflöslichen Ehen, ja eigentlich gar keine Ehen sind, so zeigt sich dann sofort, daß auch der umgekehrte Fall vorkommen kann.' Denn würde eine vor dem Standesamt getraute katholische Person sich dann vor ihrem parochus proprius mit einer christlichen Person kirchlich gültig vermählt haben, so würde diese Verbindung in den Augen der Kirche eine unauflösliche Ehe sein, während der österreichische Staat sie nicht einmal für die Gegenwart als eine gültige Ehe anzunehmen vermöchte [1]).

---

[1]) Wenn ich sagte, eine gewisse Differenz, welche hinsichtlich der Unauflöslichkeit katholischer Ehen zwischen der Kirche und dem österreichischen Staat bestehe, sei erst infolge der Gesetze von 1868

Wie kommt nun das „Vaterland" dazu, sich gerade auf diesen Fall zu berufen, um, wie wir sehen, abermals nur „vom Regen in die Traufe" geführt zu werden? — Was es dazu verleitet, ist der Umstand, daß der Uebertritt des Katholiken zu einer andern Konfession an der Unauflöslichkeit der Ehe, welche er als Katholik geschlossen, auch in den Augen des Staates nichts ändert. Und in der That ergibt sich dies aus dem Wortlaut des Gesetzes selbst. Aber gerade in dieser Hinsicht kontrastiert das Gesetz gegen das, von welchem wir zu handeln hatten, und somit ist offenbar dem Argument jede Kraft genommen.

Eine wirkliche Parallele könnte allerdings auch hier bestehen, dann nämlich, wenn der österreichische Staat katholische Personen auch nach ihrem Austritt aus der katholischen Kirche noch immer für unfähig hielte, andere als unauflösliche Ehen mit einer christlichen Person einzugehen. Aber davon thut er das gerade Gegenteil. Und so spricht denn die Analogie auch hier wieder aufs

---

eingetreten, so ist dies nicht so zu verstehen, als ob es zuvor gänzlich an Unterschieden gefehlt hätte. Der Staat hatte schon von Anfang an von gewissen Ehehindernissen, welche die Verbindung kirchlich ungültig machen, Umgang genommen (z. B. von Verboten für gewisse entferntere Verwandtschaftsgrade) und seinerseits einige besondere trennende Ehehindernisse eingeführt. So sollte nach ihm z. B. die Unterlassung jedes Aufgebotes die Ehe ungültig machen. Durch Fälle dieser letzteren Art läßt es sich noch einfacher, als ich es hier im Texte gethan, klar machen, daß unter Umständen eine in den Augen der Kirche unlösbar geschlossene Ehe vor dem österreichischen Staat als keine unlösbar geschlossene Ehe, ja überhaupt nicht als wahre Ehe erscheint.

schlagendste dafür, daß auch die Unfähigkeit des Geistlichen höherer Weihen oder des Ordensmannes mit solennen Gelübden, überhaupt eine Ehe zu schließen, wenn er einmal aufgehört hat, vor dem Staat als Geistlicher oder als Ordensmann zu gelten, nicht weiter zu Recht bestehen könne.

Das heute in Oesterreich geltende Eherecht wird vielfach einer harten Kritik unterworfen; man verlangt dringlich nach seiner Reform. Und gewiß erweist die häufige Mißdeutung seiner gesetzlichen Bestimmungen wenigstens ihre neue Formulierung als wünschenswert. Auch fällt es mir nicht bei, mich irgendwelchem Optimismus hinzugeben, und, wie mir in einem dieser Tage empfangenen Briefe vorgeworfen wird, zu glauben, „daß nicht österreichisches Recht sein könne, was unrichtig und unlogisch ist". Aber das allerdings ist meine Meinung, und ich habe sie auch bereits in meinem Artikel vom 5. Dezember in der „Neuen Freien Presse" ausgesprochen, daß das gegenwärtige österreichische Zivilrecht nicht so unvollkommen ist, als man vielfach annimmt. Und so muß ich denn insbesondere dagegen protestieren, wenn man meint, wo einer Bestimmung nach ihrem sensus obvius ein gerechter und vernünftiger Sinn innewohnt, verdiene eine künstlich gesuchte Interpretation, welche sie zu einer ungerechten und unlogischen Aufstellung verunstaltet, gerade ob dieser Eigenheit den Vorzug, indem diese sie dem allgemeinen Geist der österreichischen Gesetzgebung entsprechend erscheinen lasse.

Was die Bestimmungen in betreff der Auflösbarkeit der Ehen anlangt, so sind sie allerdings in Oesterreich sehr eigentümlicher Art, und die nächste Reform dürfte hier nicht bloß, wie ich schon bemerkte, formell, sondern auch materiell zu beträchtlichen Umbildungen führen. Doch würde man den bestehenden Gesetzen unrecht thun, wenn man ihre ethischen Motive verkännte.

Hierüber noch ein Wort! Man stritt und streitet vielfach noch heute darüber, ob der Staat besser thue, die Ehe als eine auflösliche oder unauflösliche Verbindung zu betrachten. Ganz unabhängig von dem sakramentalen Charakter gewisser Ehen wurde und wird die Frage kontrovertiert. Nach dem Evangelium war für Jesus selbst der sakramentale Charakter durchaus nicht das Entscheidende (vgl. Mark. 10, 5. 6), und auch August Comte, der christlichen Lehre frei gegenüberstehend, sprach sich (und noch dazu im Gegensatz zu persönlichen Interessen) wesentlich gegen die Zulässigkeit der Ehelösung aus. Doch andere namhafte Stimmen erheben sich bekanntlich für die entgegengesetzte Meinung.

Das Für sowohl als das Wider hat bedeutende Momente geltend zu machen. Es ist hier nicht der Ort, tiefer in ihre Würdigung einzugehen, und so bemerke ich nur, daß bei dieser, wie schier bei allen politischen und sozialen Fragen, eine allgemein einheitliche Entscheidung unstatthaft ist, da vielmehr alles von den besonderen Verhältnissen abhängt. Auch wird weniger psychologische Deduktion, als statistische Zusammenstellung von Erfahrungen über Vorteile und Nachteile, die sich an die eine und andere Einrichtung knüpfen, den Gesetzgeber aufzuklären dienen.

Im Zusammenhang mit solchen Erwägungen habe

ich selbst, da ich in den Vorträgen über „Praktische Philo=
sophie" die Frage zu berühren hatte, es immer als das
Rätlichste bezeichnet, wenn der Staat vorerst den Braut=
leuten selbst die Wahl lasse, ob das Eheband auflöslich oder
unauflöslich sie binden solle. Daraufhin werde bald das
eine, bald das andere bevorzugt werden; denn wegen
eines gewissen größeren Schutzes für den weiblichen Teil
dürften insbesondere die Eltern ihre Zustimmung zur
Heirat einer Tochter nicht selten an die Bedingung der
Unauflöslichkeit knüpfen. Auf Grund des so gewonnenen,
und zwar den eigentümlichen Zuständen des betreffenden
Volkes selbst entnommenen Erfahrungsmaterials möge
dann eine kommende Zeit zu einer gewissenhaft vor=
bereiteten, einheitlichen Gesetzesbestimmung schreiten.

Das heutige österreichische Eherecht, wenn es dem
von mir gemachten Vorschlage nicht völlig entspricht, ent=
hält doch entschieden eine gewisse Annäherung. Nach ihm
gibt es auflösbare und unauflösbare Ehen. Und wenn
das Gesetz nicht geradezu einem jeden die freie Wahl
läßt, so berücksichtigt es doch, indem es auf das religiöse
Bekenntnis des Eheschließenden achtet, das, was von diesem,
wenn er gewissenhaft handelt, als bevorzugt vermutet wer=
den kann. So erklärt es denn die von einem Katholiken
geschlossene Ehe für unlösbar bindend. Wenn es aber
dann weiter geht und beim Eheschluß eines Katholiken
mit einem Nichtkatholiken beide Teile für unauflöslich
gebunden erklärt, so kann ich das kaum mißbilligen.
Denn eine Ungleichheit der beiden Eheleute in diesem
Betracht scheint mir, indem sie den einen Teil dem andern
gegenüber abhängiger macht, wenig der Gerechtigkeit zu

entsprechen. Daß aber die unter der Bedingung der Unauflöslichkeit geschlossenen Ehen daraufhin definitiv als unauflöslich betrachtet werden, ist etwas, was ebenso der von mir provisorisch befürworteten Einrichtung gemäß ist. Und so sind denn die geltenden Bestimmungen des österreichischen Eherechtes hier keineswegs so thöricht, als man häufig glaubt. Völlig sinnlos, wie Maassen mit berechtigter Energie betonte, und in wesentlichen Beziehungen gemeinschädlich, wie Glaser hervorhob, wären dagegen die Bestimmungen des österreichischen Zivilrechtes, wenn es, nachdem es so tolerant ist, Geistlichen und Ordensleuten den Austritt aus der Kirche zu ermöglichen, die rechtsgültig ausgetretenen und von jedem Gehorsam gegen die Kirche ausdrücklichst entbundenen nach wie vor dem Cölibatsgesetze unterwürfe. Und so zeigt sich denn in den mannigfaltigsten Beziehungen, wie thöricht es ist, wenn man so, wie das „Vaterland", die Bestimmungen für den einen Fall bei der Erläuterung der Gesetze für den andern Fall verwerten will. Bei solcher μετάβασις εἰς ἄλλο γένος kommt man von Bestimmungen, die eine vernünftige Befürwortung recht wohl zulassen, ins offenbar Absurde [1]).

---

[1]) Für diejenigen, die nach analogen Fällen verlangen, in Kürze auch noch folgendes:

Die Ordensperson mit feierlichen Gelübden unterliegt in Oesterreich einer Unfreiheit nicht bloß bezüglich des Abschlusses einer Ehe, sondern auch bezüglich der Fähigkeit Eigentum zu erwerben und über ein Vermögen zu disponieren. Es ist nun klar, daß, da auch hier ausdrückliche Bestimmungen fehlen, ihr Austritt aus der Kirche entweder beide oder keine der beiden Beschränkungen

aufheben wird. Was wird denn nun hinsichtlich der Eigentums=
verhältnisse anzunehmen sein? Was nach der Vernunft zu urteilen ist, ergibt sich aus unseren
früheren Erörterungen. Die legal aus der Kirche ausgetretene
Ordensperson ist in den Augen des Staats keine Ordensperson
mehr; also gehen die staatlichen Gesetze über Erwerbsunfähigkeit,
von Ordenspersonen u. s. w. sie nichts mehr an.

Doch wir finden hier auch die juristischen Autoritäten
einmütig und aufs entschiedenste der Freiheit günstig.
So heißt es bei Randa (Das Eigentumsrecht, 2. Aufl. 1893): „Es
ist wohl nicht zu bezweifeln, daß Ordensgeistliche mit dem
gesetzlich vollzogenen Austritt aus der katholischen Kirche (§ 6 des
Gesetzes vom 25. Mai 1868 R.G.B. Nr. 49) die Disposition über
ihr Vermögen und die Erwerbsfähigkeit wieder erlangen." Er be=
merkt ausdrücklich, daß der Fall dem Fall, wo kirchliche Dispens
von dem Gelübde erteilt worden sei, gleichzustellen scheine. Bedarf
es hienach noch einer Erläuterung, daß bezüglich der eherechtlichen
Frage mit derselben Zweifellosigkeit im Sinne der Freiheit ent=
schieden werden muß?

Wie monströs erschiene aber auch gerade hier wieder eine
Argumentation nach der Art unserer Gegner! Indem nach ihr der
aus der Kirche ausgetretenen Ordensperson nach wie vor vom Staat
die Erwerbsfähigkeit aberkannt werden müßte, würde diese, da das
Kloster, dem sie einst angehört hat, sie nicht weiter ernährt, dazu
verurteilt sein, entweder zu verhungern oder durch Diebstahl ihr
Leben zu fristen. (!!)